KB097889

천 일 동안 나를 위해 살아 봤더니

내 인생을
기대하고 싶어
시작한 일

천 일 동안
나를 위해
살아 봤더니

박주원 지음

유노
북스

넘어져도 다시 일어날 내력만 있다면

행복했다. 그저 좋았다. 길가에 핀 작은 들꽃들이 선명한 색채로 눈에 들어왔고, 산들거리는 바람이 살갗에 닿는 느낌도 경쾌했다. 햇살은 머리 위를 반짝이며 비췄고 어디선가 귀여운 새 울음소리도 가만가만 들려왔다. 나도 모르게 소리를 내뱉었다.

'아 좋다.'

낯선 감정이었다. 아주 오래도록 원하던 성과를 얻고, 위시리스트에 올려 둔 명품 백을 큰 맘 먹고 구입하고, 좋은 사람과 만날 때 나는 이렇게 행복했었다. 그러나 지금은 왜일까. 아무것도 없는데. 그때와 전혀 다를 것이 없는데. 순도 100프로의 이 행복은 도대체 어디로부터 온 걸까 생각했다. 심지어 불과 3년 전, 나는 꼭 이 자리에서 엉엉 울며, 미친 여자처럼 걷고 있었는데 말이다.

죽음을 생각했다. 내내 그리고 강렬하게. 원하던 일이 풀리지 않았을 때, 아픈 실연을 겪었을 때, 삶이 고단하고 힘들 때 그것을 한 번도 생각하지 않았다면 거짓말이겠지만 사실 그전까지의 죽음은 내게 추상적인 무엇이었다. 저기 멀리 있는 구름과도 같은 것. 삶에 늘 드리워져 있고, 종종 바라보고 감상할 수도 있지만 손에 만져지지는 않고, 살갗에 닿지는 않는 무엇. 그러나 그때는 달랐다.

저 멀리 거리를 두고 있던 죽음이 발 없는 귀신처럼 성큼성큼 내 코앞으로 다가오더니 나를 사로잡았고 종국에는 모든 게 죽음으로 가는 길목으로 보였다. 우리 집은 4층이었는데 내 방에 난 창문이 의미심장하게 보인 것은 처음이었다.

'4층에서 떨어지면 죽으려나? 아, 아니다. 잘못 뛰어내렸다가는 괜히 목숨만 부지하고 다른 사람들에게 민폐만 될지 몰라.'

횡단보도에 서 있을 때도, 쌩쌩 코앞을 내달리는 차들을 한참을 뚫어져라 바라봤다.

'몇 걸음만 내딛으면 될 거 같은데? 그럼 쿵 하고 쓰러지겠지?'

어느새 머릿속으로 사고 장면을 시뮬레이션하는 나를 발견하고 스스로 움찔 놀랐다. 주방용 가위의 날과 여성용 면도기의 날 중 무엇이 나의 목적에 더 명료하고 간결하게 기능할까에 대해 진지하게 숙고했고, 수면제는 어떻게 처방받을 수 있는지 인터넷으로 검색했다.

이 모든 일이 내가 하는 일이면서도 또 내가 하는 일 같지 않았다. 그동안 몰랐던 삶의 많은 것들이 흉기이자 나의 생을 끊을 수 있는 살인 도구임을 깨달았다. 매순간 그렇게 죽음을 생각하다가 또 문득 정신이 돌아오면 나도 모르는 새 줄줄 눈물을 흘리고 있었다.

나는 무너졌다. 그리고 무너져 버린 바닥 아래에서 그 잔해와 분진과 신음 속에서 어느 드라마의 대사를 얼핏 떠올렸다.

"모든 건물은 외력과 내력의 싸움이야. 바람, 하중, 진동. 있을 수 있는 모든 외력을 계산하고 따져서 그것보다 세게 내력을 설계하는 거야. 아파트는 평당 300킬로그램 하중을 견디게 설계하고 사람들이 많이 모이는 학교나 강당은 하중을 훨씬 높게 설계하고 한 층이라도 푸드 코트는 하중을 다르게 설계해야 하고⋯ 항상 외력보다 내력이 세게. 인생도 어떻게 보면 외력과 내력의 싸움이고 무슨 일이 있어도 내력이 있으면 버티는 거야."

_ <나의 아저씨> 중에서

그리고 생각했다. 나를 지켜야겠다고. 가뜩이나 칠삭둥이로 태어나 내내 작았던 나를 위해 그래서 언제나 거대하고 높고 빠른 세상이 무섭고 두려웠던 꼬마를 위해 그렇게 쓰러진 나 자신을 위해 뭐라도 하자고.

하루 이틀 사흘… 나를 먹이고 입히고 재웠다. 다독였다. 끅끅 울 땐 꼭 안아 달랬다. 캥거루처럼 온종일 나 자신을 품에 안고, 그렇게 내내 토닥토닥했다. 예쁜 말과 예쁜 음식을 주고, 연약한 존재를 해치려 하는 세상의 모든 것들에 날을 세우고 으르렁거리며 나를 지켰다. 모든 수치와 두려움과 불안의 순간에는 그저 손을 꼭 잡고 죽어라 밑바닥을 함께 버텼다.

그렇게, 3년, 1000일이 지났다. 나는 웃고 있었다. 어느새 편안함에 이르러 있었다. 짧다면 짧고 길다면 긴 그 시간이, 여전히 비틀거리고 가끔은 넘어질지라도, 존재 전체가 흔들리지 않도록 단단한 내력, 탄탄한 골조를 형성해 어느새 나를 지탱해 주고 있었다.

이 책에 그 여럿의 과정을 담았다. 대수로울 것 없는 일상 속에 스스로를 보듬고 아끼며 1000일 동안 오로지 자신만 생각하는 그 분투의 과정을. 스스로를 위해 살아왔다고 자부했으나 단 한순간도 진정으로 자신을 위해 살지 못했던 한 사람이 자세히 보지 않으면 그 움직임을 알아채기 어려울 정도로 천천히 스스로를 살리고 돕는 그 여정을. 일생을 외부로, 남에게 집중했던 시선을 돌려 비로소 자신에 대해 세심하고 날카로운 주의를 기울이는 이야기를. 이전과는 전혀 다른 존재로 탈바꿈해 가는 시행착오의 과정에서 얻은 깨달음을 함께 나누고자 한다.

우리는 어떤 순간에도 사랑받아야 하고, 아낌받아야 한다. 또 어떤 바보 같은 모습에도 응원받아야 하고, 괜찮다고 위로받아야 한다. 모든 삶의 순간마다 우리는 기꺼이 자신에게 1순위여야 한다. 나만 생각하며 실천한 내 이야기가 당신의 것이 될 수 있길 바라고 응원한다. 당신은 누가 뭐래도 있는 그대로 소중하고 존귀한 존재다.

박주원

목차

2장 나를 위해 할 수 있는 일이 이토록 많다니

3장 가볍게 흔들려 보는 것도 괜찮더라

4장 죽지 않고
살아 있어 줘서 고마워

1장

내가 아니면 누가
나를 대접해 줄까 싶어서

상처투성이로 도망쳐 온
오바마 마을에서

○ 쉬기

"헝가리에 '도망치는 일은 부끄러운 일이지만, 때때로 도움이 된다'는 속담이 있어요. 부끄러운 일이라 해도, 일단은 잘 넘기고 살아남는 것이 중요하잖아요. (…) 그러니까 부끄러운 모습으로 도망한다 해도 잘 이겨 내요. 일단 넘어 봐요. 도망치는 건 부끄럽지만 도움이 될 거예요."

_ <도망치는 건 부끄럽지만 도움이 된다> 중에서

어느 일본 드라마에서 나온 여자 주인공의 말을 기억한 것일까. 상처투성이의 인간이 마지막 힘을 내 할 수 있는 유일한 일이 그것뿐이었을까. 내가 나를 위해 가장 먼저 한 일은 도망이었다. 나는 미처 짐을 제대로 싸지도 못한 채, 아무 계획도 목적도 없이 비루한 몸뚱이를 질질 끌어 비행기에 겨우 실어 올렸다.

무명의 어촌 마을로 훌쩍 떠나다

오바마. 듣는 사람 중 100이면 100 미국의 44대 대통령을 떠올릴, 누구도 쉬이 어느 마을의 지명이라고는 생각하지 못할, 세세하기가 정평이 난 관광 책자에도 그 이름이 거의 알려져 있지 않은 무명의 어촌 마을. 그곳이 나의 목적지였다.

일본의 대표적 관광지인 도쿄, 오사카, 후쿠오카, 삿포로와 같은 곳이 아닌 카스테라나 우동의 원산지로만 알고 있을 법한 소도시 나가사키. 그 작은 나가사키에서도 구불구불 이러다 낭떠러지로 떨어지는 게 아닌가 걱정스러운 산복도로를 묘기하듯 시외버스로 두 시간을 달려야 도착할 수 있는 바닷마을.

아무것도 없으면서 도리어 아무것도 없기 때문에 꽁꽁 싸매어져 알아내기도 찾아가기도 힘든 곳. 거기가 오바마 마을이었다. 왜 하필

거기였느냐고? 그건 마음이 어렵고 어렵던 그즈음에 우연히 인터넷에서 한 장의 사진을 봤기 때문이다.

원래 사랑이라는 건 단박에 교통사고처럼 오는 것이라 했다. 사람과 사람 사이에서 첫눈에 인연을 확신하는 경우가 잦은 것이 그렇고, 많은 경우에 반려동물이나 거주할 집을 찾는 데에도 오랜 시간이 소요되지 않는다.

본래 사람이든 동물이든 집이든 혹은 가방이든 계통과 종족, 품목과 무관하게 눈을 딱 처음 마주한 순간 찌르르 전기 신호가 오면, 그 후엔 어쩔 도리 없이 마음도 지갑도 스르륵 자동문처럼 열리고 마는 것이니까. 그렇게 사랑은 이유를 불문하고 그 자체로 거대하고 불가항력의 이유가 되는 것이니, 찾아오면 그저 묵묵히 그에 따를 수밖에. 물론, 나도 그러했다.

시원하게 트인 바다 위로 동그랗게 걸린 일몰의 태양. 더할 나위 없이 완벽한 빛으로 조색된 감귤과 자몽 언저리의 오묘한 하늘빛. 그 따뜻한 풍경 위로 몽글몽글 피어나는 아스라한 물 아지랑이. 동네 어귀를 어슬렁거리는 노인과 자전거를 타고 가며 장난치는 교복 차림의 소년들… 마을 아줌마들이 삼삼오오 나와 달걀이며, 각종 채소며 저녁거리를 준비해 가지고 돌아가는 자연 온천. 그리고 그 모든 것을 관조하며 휴식할 수 있는 작고 소담한 손님 없는 료칸들….

이 정취를 고스란히 담고 있는 사진 한 장은 박동 없이 굳어 있던 내 심장에 찌릿 심폐소생술을 한 것처럼 전류가 흐르게 했고, 오래토록 어둠 속에서 빛을 알지 못하고 살아온 날들에 찰칵 하고 찰나의 빛을 주었다. 한참 사진을 바라보며 어안이 벙벙했던 나는 얼마 후 바퀴가 덜컹거리는 캐리어를 힘겹게 끌고, 작고 허름한 사진 속 외딴 곳, 오바마 마을의 버스정류장에 발을 내렸다.

도망 말고는 할 수 있는 일이 없어서

물론 여행이 처음은 아니었다. 나는 기본적으로 떠남을 좋아하는 사람이다. 천성적으로 겁도 많고 생각도 많고 미적거림도 많은 와중에 그 모든 것이 비켜 가는 유일한 예외가 되는 것이 있다면 바로 여행이었다. 여행은 이상하게도 겁 많은 나를 담대하게 만들었고, 여러 생각들로 복잡한 마음을 '가야겠다'는 결론으로 명료하게 이끌었으며, 꾸물거림이나 게으름을 일절 모르는 사람처럼 완전 변태시켰다.

부지런히 자료를 서치하고, 가야 할 곳들을 리스트로 만들고, 비행기표와 숙소를 틈나는 대로 검색했다. 먹어야 할 것들과 사야 할 것들, 이동 거리와 이동 수단, 하루하루의 계획을 체계적으로 정리했다. 머릿속으로 여행 과정을 여러 번 리허설하며 디데이를 고대하는 여행자 타입이 바로 나였다.

하지만 이번에는 달랐다. 일단, 내게 그것은 여행이 아니었으니까. 삶의 한 가운데서 터지는 포탄을 어떻게든 피해야겠다는 마음으로 떠나는 피난이었다. 모든 도주가 언제나 그렇듯 짐을 쌀 여유도, 앞으로의 삶을 계획할 정신도 없이 그저 도망치고 보는 급급한 형국이었다.

'이곳만 아니면 돼. 이곳만 아니면 어디든 괜찮아' 하는 절실함으로 눈여겨봤던 그 마을. 이름만 기억하고 있던 그곳을(미국 대통령의 이름이 아니었다면 금방 잊었을지도 모르겠다), 나는 반 자포자기의 심정으로 덜컥 피난지로 정해 버린 것이다.

오바마 마을은 한산했다. 아니 그것을 넘어 고요한 느낌이었다. 두 발을 차에서 내리기가 무섭게 버스는 횡 야멸차게 떠나가 버렸고, 나는 한참을 멍하니 그 자리에 서 있었다.

눈앞에 보이는 것은 그저 푸르른 바다였다. 나는 반사적으로 흑 숨을 들이마셨다. 갑자기 펼쳐진 비현실적인 광경도 그것이었지만 무엇보다 생경했던 것은 경험한 적 없는 조용함, 마치 얇은 막처럼 마을을 둘러싸고 있는 적막의 질감이었다. 깨지기 쉬운 크리스털 잔을 손에 쥔 꼬마처럼 아름답고 귀한 그것이 깨져 사라질까 두려워 나는 쉬이 움직이지 못했다.

이상하게도 방금까지 어지럽던 마음은, 그곳에 당도하는 순간부터 충격에 빠진 실어증 환자처럼 꾹 입을 굳게 다물었다. 이전까지의 고민, 이전까지의 무수한 생각, 몇 달간 나를 잠 못 들게 했던 두려움과 공포, 다만의 불안과 다만의 우울은 시골 오지에서는 결코 연결되지 않는 와이파이처럼 뚝 하고 단박에 끊겨 버렸다.

아무것에도 쫓기지 않은 나흘의 시간

오바마 마을에서의 나흘을 뭐라고 설명할 수 있을까. 마땅한 단어를 쉬이 찾을 수 없지만, 그래도 가장 비슷한 모양새를 찾자면 '쉼', 온전한 쉼이라고 할 수 있지 않을까 싶다. 아무것도 없는 마을에서 나는 며칠을 아무것도 하지 않은 채 오롯이 그냥 쉬었다. 핸드폰도 인터넷도 하지 않았다. 그 고요한 적막 속에 어떤 이물질도 끼어들게 하고 싶지 않았던 터였다.

그곳은 특별한 관광지가 아니었기에 여기저기 찾아다니며 사진 찍고 구경할 명소도 없었다. 그래서 내가 한 일이라곤 거의 이런 식이었다. 소담한 료칸에서 한참을 뒹굴거리다 느릿느릿 일어나 정갈히 차려 주는 밥상에 앉아 밥을 먹는다. 간단한 샐러드와 포슬포슬한 달걀찜, 가지런한 생선구이, 미소국과 김구이, 아삭아삭한 갓무침과 도톰한 명란구이… 천천히 하나하나 음식을 음미한 후, 따뜻한 물에 몸을 담근다. 차 혹은 우유를 홀짝거리며 정성 들여 오래오래 온천 목욕을 한다. 오후가 되어서야 겨우 옷을 껴입고 나와 바다를 보며 동네를 산책하고(마을 곳곳을 돌아다녀도 한 시간 이상 걸리지 않는다) 지나는 길에 보이는 소품 숍에 들러 한참을 구경한다. 저녁에는 젤라토 가게에서 아이스크림을 먹으며 해지는 노을을 멍하니 바라본다. 그리고는 동네 편의점에 들러 맥주와 간단한 안주거리를 사서 들어와 또 차려진 밥을 먹고, 밤바다를 바라보며 또 멍하니 맥주타임을 갖는다. 그러다 까무룩 잠이 들고, 또 다음 날이 되면 일어나서 밥을 먹고, 목욕을 하고, 산책을 반복한다.

그렇게 나는 아무것도 계획하지 않고 아무것에도 쫓기지 않은 채 아무것도 하지 않으며 순간순간의 마음이 하고픈 것을 하며 며칠을 보냈다. 초등학생이 된 이후부터 서른 살이 훌쩍 넘어갈 때까지 어떤 다그침도 없이 오롯이 내게 맡겨 본 시간은 그때가 처음이었다.

"무언가 생산적인 것을 해야 해."

"시간을 그렇게 낭비하면 어쩌니?"

"서둘러. 또 게으름 부리지 말고."

"넌 왜 그렇게 무기력하니? 좀 더 의욕적일 수 없어?"

그렇게 달리고 쪼이고 재촉하고 화를 내며 다그쳐 온 날들이었다.

"너 하고 싶은 대로 다 해. 흥청망청 게을리 써도 괜찮아."

생전 처음 들어보는 말에 낯설어 눈만 뒹굴뒹굴 굴렸다. 어리둥절했고, 당황했고, 어색함에 손톱을 잘근잘근 씹었다. 뭔가를 잘못한 사람처럼 한껏 어깨를 굽히고 옹송그렸다. 그러다 널찍하고 푸짐하고 숭덩숭덩한 시간들이 지속되자 마음은 그제야 고개를 들었다.

조금씩 낯선 자유의 향기를 들이마시던 마음은 마지막 날 아침. 아무도 없는 새벽 바다, 잔물결조차 치지 않는 멈춤과 적막. 깊고도 깊은 평온과 침묵의 경관 앞에서 마침내 모든 것을 내려놓고 마음껏 쉬었다. 뭔가 울컥하는 것도 치받고 올라왔다. 한동안 울먹울먹 하던 마음은 결국 눈물을 펑펑 쏟아 냈다.

'쉼'을 누릴 줄 안다는 것

나는 나에게 쉼, 휴식 그리고 멈춤을 허락하기로 했다. 어쩌면 우리가 단 한 번도 제대로 맛보지 못했을지도 모를 그것. 유명 요리 잡지나 여행 전문 채널 등에서 자주 봤음직한 윤기 흐르는 푸아그라나 동글동글 달팽이 요리처럼 많이 들었고 자주 접했지만, 직접 입에 넣고 혀를 굴려 가며 음미한 적은 한 번도 없었을 그 무엇.

그게 '쉼'이었다.

나는 텅텅 빈 시간 속에서 쉼을 마음껏 즐겼다. 그리고 멈춰 있던 무용의 그 시간은, 아무것도 하지 않았던 무효용의 그 시간은, 애씀 없던 순무같이 깨끗한 통째의 그 시간은 가만가만 자신만의 흐름 속에서 존재를 씻기고 재우고 먹였다. 그 시간은 가장 천천한 빠름으로 상처받은 한 영혼을 치유하고 있었다.

10년을 넘게 사랑하는 사이였던 전남편과 물고 뜯고 싸우는 진흙탕 이혼 소송을 하고, 그간 모아 둔 대부분의 재산을 상대에게 뺏긴 채 빈털터리가 되었으며, 새로 만나는 남자친구에게 진드기 미저리 취급을 당하며 이별의 수순을 밟고 있는 서른 중반의 여자. 우울증과 불면증, 애정결핍과 자기혐오의 한 가운데서 그야말로 미친년처럼 매일 밤을 욕실 바닥에서 눈물 구덩이를 만들며 지내는 한 여자. 그녀는 마침내 그 모든 고군분투를 끝내고 자신을 위한 도망, 아니 쉼을 가지기로 한다.

나처럼 고작 사나흘의 여행으로는 안 되겠던지 그녀는 이탈리아와 인도, 인도네시아 발리를 1년간 떠돌며 널찍한 시간들을 그녀가 원하는 대로 그저 지냈다. 그리고 그렇게 1년의 안식을 보낸 여자는 잔뜩 때가 끼고 쭈글쭈글하던 영혼에서 갓 태어난 아이처럼 말랑말랑하고 보송보송한 영혼으로 환골탈태하여 돌아온다.

그녀의 쉼은 어떤 세부적인 계획도, 어떤 근사한 목표도 없이 시작됐지만, 스스로의 길을 만들어 신경질적으로 깡마른 몸을 통통하게 살찌우고 스트레스로 쓰러지기 일보 직전인 영혼을 단단하게 가꾸더니 마침내 진실한 사랑까지 하도록 길을 터 안내해 줬다. 이 모든 휴식과 쉼의 이야기는 '먹고 기도하고 사랑하라'라는 이름으로 책과 영화로 만들어져 전 세계 수백만 명의 사람들에게 감동을 주고 있다.

빨간 석양이 보이는 소담한 개인 온천에 노곤노곤 몸을 담근 채 나는 《먹고 기도하고 사랑하라》를 가만가만 읽었다. 다음 날이면 다시 비행기를 타고 집으로, 복잡한 서울로 돌아가겠지만 어쩐지 지금 당장은 조금 더 씩씩해진 것 같았고, 조금은 힘이 생긴 것도 같았다.

짧은 휴식이나마 그 멈춤은 오랜 뜀박질에 지친 나를 숨 고르게 했고 생채기 난 발에 연고를 발라 줬다. 또 내게 '그냥 조금은 숨을 골라도 된다고. 잠시 멈춰도 된다고. 잠시 쉬면서 주린 배를 든든히 한 끼

채우고 가도 된다고. 그 정도는 너도 할 자격이 있다고' 말해 줬다. 그리고 따뜻한 온천수 때문인지, 한껏 풀어진 마음 때문인지 나는 꾸벅꾸벅 졸며 생각했다.

'수고했다. 수고했어. 그러니 쉬어. 아주 푹. 편안하게.'

텃밭 봄 채소로
나에게 한 끼를 대접하다

○ 먹기

어려웠다. 여행을 마치고 돌아와서도 나는 자신을 위하는 일, 나만 생각하며 살겠다는 일, 무엇보다 나에게 뭐든 좋은 일을 해 주겠다는 일, '그게 뭐 어려워?' 하고 눈을 동그랗게 뜨고 되물을 일을 좀처럼 시작하지 못했다. 그건 몇 달간 아르바이트하며 모은 돈을 들고서도 명품 매장 앞에서 쭈뼛쭈뼛 서성이는 순진한 학생과 같이 비슷한 일을 평생 해 본 적이 없기 때문일 거다.

지금껏 살면서 치열하게 해 온 일들은 다 무엇이냐고, 그게 다 자기 자신을 위한 일이 아니었냐고 물을 수도 있다. 그렇다. 나는 분명 무언가를 간절하게 원했고 갈망했고 얻기 위해 노력도 했다. 그러나 나를 위한 일, 내가 원하는 일보다 부모, 사회, 타인이 원하는 무엇일 때가 많았다. 애석하게도 그때는 나도 내가 원하는 일인 줄 알았다.

"이제 네가 하고 싶은 거 다 해 봐. 원하는 게 뭐야?"

한 번도 한 적이 없고, 들은 적도 없는 질문에 말문이 막혔다. '나'를 위해 도무지 무엇을 해야 할지 몰랐다. '자기 돌봄', '자기 사랑'이라는 글자 앞에서 까막눈이 된 사람처럼 한참을 눈만 끔뻑끔뻑했다.

'자기 자신을 아껴 주세요. 자기 자신을 사랑하세요.'

미디어에서 책에서 유명 노랫말에서 여기저기 귀에 딱지가 앉도록 들어온 명제였음에도 그것은 내게 이름만 무성한, 실체를 알 수 없는 환상 속의 무엇이었다. 답답했다.

사고 싶어 사이트만 내내 들락날락했던 값비싼 코트를 질러야 하나?(나를 위해 살기로 했으니 이 정도는 통 크게 질러야 하는 거 아냐?) 그것도 아니면 톡톡 쏘는 말투로 상처를 주던 지인에게 '너 말투 좀 고쳐. 예전부터 진짜 말하고 싶었어'라고 당당하게 말해 볼까? 그동안 못했던 여러 일탈들을 도전해 봐야 하나?(죽기 전에 꼭 해 보고 싶던 오렌지색으로 염색을? 내 몸을 사랑한다는 의미로 바디프로필 찍기?)

일단, 밥부터 먹고 해! 먹고 나서 해!

무엇을 해야 하나 고민할 때 영화 〈리틀 포레스트〉를 봤다.

두릅, 쑥, 곰취, 방풍 …. 텃밭에서 싱싱한 봄나물을 딴다. 흐르는 물에 여린 잎이 다치지 않도록 조심조심 흙을 씻어 낸다. 옴폭한 냄비에 깨끗한 기름을 넉넉하게 붓고 온도를 서서히 올린다. 물과 부침가루를 섞은 반죽을 채소에 얇게 입힌다. 반죽을 손으로 튀겨, 위로 튀김옷이 떠오르면 준비해 둔 채소를 살포시 냄비 속 기름 위로 투하한다. 주방을 가득 채운 맛있는 소리로 노릇노릇 튀김을 튀겨 낸다. 와사삭. 그렇게 만든 봄나물 튀김은 입 안 가득 향긋한 내음을 채우고, 그 맛에 입 밖으로 작은 미소가 새어 나온다.

〈리틀 포레스트〉는 참 요상한 영화다. 극장판에 걸리는 근래의 흥행작들과 달리 특별한 볼거리나 화려한 그래픽 따위의 장면이 없다. 김치 수제비, 배춧국, 꽃잎 파스타, 아카시아 튀김, 배추전, 콩국수, 오색 빛깔 떡, 크렘 브륄레, 떡볶이, 막걸리와 밤조림, 곶감 등등 수많은 요리가 나온다. 주인공도 몇 번 받지 못한 클로즈업숏을 받기까지 하며. 그렇다고 특별한 서사나 에피소드가 있는 것도 아니다.

러닝타임의 7할 이상을 요리하고 먹고, 요리의 재료가 되는 것들을 기르고 또 요리하고 먹고, 기르고를 반복한다. 이 영화의 진짜 주인공은 김태리도 류준열도 아닌 그냥 '음식'이다. 놀라운 것은 뚜렷한 기승전결도, 극적 사건도 없이 주구장창 먹기만 하는 이 단순하고 소박한 영화가 150만 명의 관객을 동원하며 흥행했다는 것이다.

"너 근데 갑자기 왜 온 거야? 시험은 합격한 거야?"
"…"
"아! 알겠다. 시험은 떨어지시고 남친은 붙고 존심 상해서 잠수 타고 여기로 왔네. 그래서 온 거지?"
"그게 아니고 나 배고파서 내려왔어."
"배가 아파서가 아니라?"
"진짜 배고파서."

나는 이 대목에서 자리를 바로 고쳐 앉았다. 끼니를 대충 때우기 위해 억지로 목구멍으로 밀어 넣는 편의점 도시락과 좁은 원룸 냉장고의 말라비틀어진 식재료들과 곰팡이 핀 썩은 과일들. 힘든 일상을 마치고 돌아와 주린 배를 쥐어 보지만 먹을 것이 없어 그냥 깡생수를 벌컥벌컥 들이켜는 주인공의 모습이 남 같지 않아서일까.

그리고 영화의 초미, 시골의 집으로 내려온 그녀가 맨 처음 한 일이 얼은 땅을 파 내어 작은 배추를 캐고, 배춧국을 끓여 먹은 것이었음을 되새겼다. 스스로 주린 배를 채운 주인공 혜원이 그제야 대청마루에

벌러덩 누워 만족스러운 웃음을 짓고는 이내 코를 골며 쿨쿨 잠을 잤던 것도.

생각해 보면 엄마도 내게 늘 같은 일을 했다. 어릴 적부터 유독 키가 작고 입이 짧은 딸을 둔 엄마는, 언제나 내게 뭔가를 먹이지 못해 안달이었다. 그 증상은 둘째 딸이 힘이 없어 보인다거나, 기분이 우울해 보인다거나, 원하는 무언가를 얻지 못해 의기소침해 있는 경우에 더 심해졌다.

"일단 밥부터 먹고 생각해."

"울 때 울고 힘들 때 힘들더라도 먹고 해 먹고!"

고민의 종류와 힘듦의 강도와 무관하게 모든 해결책이 밥이라는 단순한 결론으로 향하는 엄마가 나는 이해되지 않았고 짜증스럽고 화가 났으며, 어떤 때는 그 해맑음과 순진성이 부럽기까지 했다. 엄마는 또한 그 나이 때의 여성들이 갖고 있는 특유의 고집스러움과 추진력까지 함께 보유하고 있어서, 싫다는 딸을 끝끝내 온갖 짜증을 다 들어가면서 식탁 앞에 앉혀 놓는 능력도 탁월했다.

그리하여 나는 꾸역꾸역 인생의 굴곡점에서 늘 밥을 먹었고, 바짝바짝 타들어 가는 마음과는 달리 배는 언제나 통통하게 올라와 있었다. 이상한 것은 세상이 싫고, 나 자신은 더더욱 싫고, 인생 모든 게 다 절망적이고 울고만 싶다가도 엄마가 정성껏 차려 준 '집밥'으로 아랫배가 채워지면 어딘가 모르게 마음이 조금, 아주 조금은 나아졌다는 것이다. 엄마는 아무 말도 하지 않았지만 그 밥은 내게 이렇게 말해 주는 것 같았다.

"괜찮아. 너는 네가 싫다지만 넌 이 맛있는 밥상을 먹을 만큼은 귀한 사람이야. 장조림 좀 먹어 봐. 너 좋아하는 꼬막 무침도 여기 있어. 옳지. 그러니 한술 떠 봐."

나만을 위한 밥상을 차리는 기쁨

영화를 보고 나서 밥상을 차리기 시작했다. 임용고시에 떨어지고 사랑은 위기에 처해 버렸고 통장은 앵꼬(?)가 나고, 앞길은 막막하고, 더 이상 서울의 생활을 견딜 수 없어 도망치듯 고향에 내려온 혜원이 제일 먼저 다른 무엇도 아닌 자신을 위한 밥을 준비한 것처럼. 그녀가 봄, 여름, 가을, 겨울 꼬박 1년은 오직 저 자신을 기르고 먹이는 데만 온 힘을 다 쏟은 후에 그 쌓인 밥심으로 새로운 시작을 향해 나아간 것처럼. 나는 나에게 밥상을 차려 주기로 했다.

대충 레토르트나 반조리 식품을 전자레인지로 데우는 수준이 아닌 직접 장을 보고, 요리법을 숙지하고, 재료들을 세심히 손질하고 썰고 자르고 볶고 찌고 간을 보며 만든 정성스러운 '밥상'을 말이다. 요리에 능숙한 편은 아니지만 걱정하지 않는다. 유튜브만 켜면 최고의 요리 전문가 백 선생님이 일대일로 개인 강습을 해 주는 놀라운 세상에 살고 있으니까.

나를 위한 밥상을 차리면서 가장 중요하게 생각한 것은 모양새다. 절대로 냄비나 프라이팬, 반찬통 째로 먹지 않을 것. 반드시 깨끗한, 가능하다면 예쁜 그릇에 정성껏 차려 먹을 것. 나는 1인용 테이블 매트와 수저 받침대, 컵 받침대도 따로 구매했다.

"사랑은 말로 하는 게 아니라 행동으로 직접 보여 주는 거야. 사랑하는지 알고 싶으면 그 사람의 행동을 봐"라는 연애 조언처럼. 내가 힘든 시간을 보낼 때 아무 말 없이 맛있는 밥상을 차려 주는 우리 엄마처럼. 간단하지만 나를 위해 정성껏 차린 음식들을 한 입씩 음미하며 내 자신에게 말했다.

"너는 괜찮다. 너는 충분히 예쁘다. 너는 정말 소중하다. 이렇게 맛있게 차려진 예쁜 밥상을 받을 만큼."

그때 비로소 '사랑'은 손에 만져지는 단단한 무엇이 되어 심장을, 배를, 허한 마음을 든든히 채워 준다.

꿀잠을 위해
공을 들이다

◦ 자기

밥 문제를 해결했으니, 다음 차례는 자연스럽게 '잠'이 될 터였다. 때마침 나는 간헐적으로 찾아오는 불면증에 적잖이 괴로워하고 있었다. 어느 날은 잘 잤다가 다음 날은 잠이 안 왔다. 그러다 또 이틀은 푹 잠을 잤다가 다음 하루는 꼭 눈이 말똥말똥했다.

숙면을 취하지 못한 다음 날은 늘 멍했다. 아무것도 아닌 일들에 쉽게 예민해지고 짜증이 났다. 작업 중에 머리가 지끈거리며 아팠고, 컴퓨터 모니터를 보다가 시야가 갑자기 뿌옇게 흐려지기도 여러 번이었다. 지난 며칠 기준점 이상의 감정 상태를 유지하다가도, 불면의 밤에 잇닿은 날은, 꼭 얇은 얼음판 한가운데를 지나는 것과 같이 위태위태했다.

계속 이렇게 지낼 수는 없었다. 잠을 찾아야겠다고 나는 결심했다. 정신없이 빠져드는 잠에 빠져들고 싶었다. 청하고 싶었다. 언젠가 맛보았던 마약과도 같은 꿀처럼 달디단 그 잠을. 기억을 탐사하기 시작했다.

마사지를 받고 호텔에 묵으며 깨달은 것

타이베이에서 마사지를 받을 때의 일이다. 흐물흐물 마치 뼈 없는 연체동물인양 내 몸이 이토록 말랑말랑 거린 것은 난생처음이었다. 속수무책이었다.

얇은 수건 하나만 겨우 몸에 아슬아슬하게 걸린 채 부드러운 손이 나를 만지고 있었다. 어떤 음악도 흐르고 있지 않았으나 나는 그의 손길에서 리듬을 느꼈고, 그것은 자장가가 되어 끝없이 나를 무의식의 세계로 데려가고 있었다.

마사지를 받는 일이 처음은 아니었지만, 그런 마사지는 결단코 처음이었다. 그녀는 자신의 일에 유독 진지했다. 정성 들여 향기 나는 오일을 데우고, 그것을 손에 소중히 담고, 조심스러우면서도 다정한 태도로 몸을 터치하고, 천천히 서두르지 않으면서도 느리지는 않은 속도로 신성한 의식을 치르듯 나를 만졌다. 그녀의 손이 부드럽게 나를 지나면 구겨졌던 몸들이 일제히 기지개를 켰다.

몸 구석구석 쌓인 찌꺼기와 덩어리, 감정의 노폐물들이 그의 마사지를 통해 차례차례 해체되었고 분리되었다. 그리고 그 순간 나는 이토록 몸이 잠을 원할 수 있는지를 처음 알았다. 온 존재가 전속력으로 잠을 향해 달려 가고 있었다. 그때 나는 더할 나위 없는 인생의 단잠에 빠졌다.

인생에 꼽을 '꿀잠'에 대한 기억 중 호텔에서의 하루도 빼놓을 수 없다. 그도 그럴 것이 그곳에는 눈이 아프지 않게 조도가 낮은 오렌지빛 조명, 먼지 한 톨 없이 정리된 두툼한 카펫이 깔린 실내, 높이가 높은 폭신한 침대와 남달리 바스락 소리가 나는 하얀 침구, 집에서는 평생 본 적이 없는 두께의 톡톡한 수건과 보드라운 나이트 가운까지. 최적의 휴식을 위한 모든 것이 완벽하게 준비되어 있으니까.

그 모든 준비가 한 목소리로 합창하며 자장가를 불러 주는 듯이.

"소중한 사람아. 오늘 밤은 푹 자. 여기 있는 모든 게 다 너를 위한 것이니까 편하게 굿나잇."

"나는 나를 사랑할 줄 몰랐어요."

한때 우울증을 겪고 3~4개월을 방에서 칩거해 술에 의존하며 지냈다던 한 여가수는 토크쇼에서 다음과 같이 말했다.

"밖에 들고 나가는 명품 가방, 남들 보는 비까번쩍한 것들은 사지만, 정작 내가 쓰는 수건 한 장 제대로 된 걸 사 본 적이 없더라고요. 다 떨어진 수건 하나로 그냥 닦고, 집은 난장판이고, 냉장고는 텅 비어 있고, 저는 그냥 늘 술만 먹고 일만 하고…. 집에 금은 잔뜩 쌓아 놨는데 정작 먹을 쌀은 없는 게 저였어요."

슈퍼스타 이효리의 이야기다. 그녀는 자기 자신을 전혀 돌보지 않은 채 오랜 시간을 살았다고 했다. 대한민국의 모든 남녀로부터 사랑받고 숭배받던 한 여자는 정작 자기 자신에게서는 한 톨의 돌봄과 애정도 받지 못한 채 너절한 수건으로 얼굴을 닦고, 텅 빈 냉장고에서 술만 꺼내 주구장창 마셨던 거였다.

자신의 초라한 민낯을 직면한 뒤에야 그녀는 집 안에 가득 쌓여 있는 금고의 금을 팔아 쌀을 사는 연습을 시작했다고 했다. 금이 아닌 건강한 먹을거리를 집 안에 채워 넣고, 도톰한 수건과 깨끗한 이부자리도 새로 마련하면서 말이다.

나 역시 그녀가 그랬던 것처럼 금을 하나씩 쌀로 바꿔 나가기 위한 노력을 시작했다. 먼저, 숙면에 좋다는 쟈스민과 유칼립투스 향의 천연오일을 구매했다. 체크무늬 분홍색 잠옷과 호텔에서나 볼 법한 두툼한 하얀 수건도 여럿 구매했다.

따뜻한 욕조에 물을 받아 천연오일을 서너 방울 톡톡 떨어뜨린 후 몸을 녹이고, 다리의 뭉친 피로를 풀어 주고, 어깨와 목도 스트레칭하면서 정성껏 마사지를 했다. 목욕을 마치고 나를 위해 마련한 톡톡한 수건으로 몸의 물기를 조심조심 닦아 냈다. 천연오일을 섞은 바디로션을 듬뿍 아낌없이 바르고, 깨끗하고 예쁜 잠옷을 입었다.

마지막으로 감미로운 음악을 틀고 바스락거리는 이불 속으로 쏙 들어갔다. 그날 밤 나는 엄마의 품 안에서 새근새근 잠이 든 아기처럼, 타이베이에서 마사지를 받았던 그때처럼, 고객의 안식과 평온을 위해 모든 것이 준비된 호텔에서처럼, 푹 잠을 청했다.

나를 알고 나를 알면
백전백승

○ 행복 찾기

모든 이에게는 저마다의 도구가 있다고 생각한다. 타고나길 절대 음감이거나, 운동신경이 좋거나, 본성 자체가 다정하고 세심할 수 있다. 또는 기본적으로 말을 잘할 수도 있고, 배려심이 좋을 수도 있고, 아이큐가 높을 수도 있다.

내 경우에 그것은 글쓰기였다. 나는 거의 모든 것을 활자로 표현하는 일을 좋아한다. 무언가를 고민하거나 결정할 때 그게 무엇이건 일단 끄적이고 본다. 종이 위에 혹은 컴퓨터에 그것도 여의치 않으면 핸드폰 메모장이나 식당 한쪽에 놓인 냅킨 위에라도. 글을 쓰고 나면 뒤죽박죽 어지러이 꼬여 있던 생각들이 곱게 빗은 머리칼처럼 차분하고 윤기 있게 변하곤 했다. 그리고 나는 이번에도 자리에 앉아 종이를 꺼내 적었다. 사각사각 펜촉이 종이를 경쾌하게 스치는 소리가 났다.

'내가 좋아하는 것들(My favorite things). 나의 행복 리스트.'

너무 높아서 잡기 어려운 헛된 희망 말고

꽤 오래 전, 비슷한 일을 한 적이 있다. 10년도 넘은 일이지만 당시에 버킷 리스트를 작성하는 일이 유행이었다. 인생에서 가장 하고 싶은 일들을 종이에 적어 하나하나 이루어 가는, 일종의 도전 과제 같은 것이었다. 열정과 패기로 가득한 젊은 시절이었기에 하고 싶은 일이 참 많았다.

그 당시 자기계발, 티브이 프로그램을 보면 하나같이 입을 모아 버킷 리스트의 중요성을 설파했다. 그리고 버킷 리스트를 통해 자신들이 이루어 낸 전리품을 자랑하곤 했다. '더 높이 더 높이', '목표를 설정하고 달성하라' 그렇게 선동했다.

"아무것도 하고 싶지 않을 때, 그냥 침대에서 뒹굴고만 싶을 때 벽에 붙여 놓은 버킷 리스트를 보면 불끈 힘이 났습니다."

"버킷 리스트 목록이 하나하나 이뤄지는 모습을 볼 때마다 성취감은 더 커졌어요."

"일단 쓰세요. 그럼 그 리스트가 당신을 꿈으로 데려다 줄 거예요."

넘쳐나는 간증들에 감화되어 나는 며칠을 고심해 정성껏 목록을 완성했고, 이 모든 소망들이 이미 손에 닿은 것처럼 행복했다. 정말로 힘이 났고, 씩씩한 마음이 들었으며, 전에 없던 의욕이 불끈 샘솟았다. 일주일 중 사나흘 정도는 말이다.

하지만 다 잡은 줄 알았던 행복의 파랑새는 금세 다른 곳으로 훌쩍 날아갔다. 나의 그 많고 많은 미역 줄기 같은 리스트들은 그것을 만든 노력이 무색하게 어떤 유익도, 동기부여도 가져다주지 못한 채 기억 속으로 스르륵 사라져 버리고 말았다. 솔직히 말하면 너무 근사해 보이는 버킷 리스트는 그 근사함 때문에 가진 것이라곤 몸뚱아리밖에 없는 청춘을 움츠러들게 했고, 그 휘황함과 화려함 때문에 어쩐지 무언가 시작할 동력을 도리어 상실케 했다.

버킷 리스트 속 목표점은 너무 높이, 멀리 있어서 가망도 희망도 없이 아득했다. 동기를 부여해 주고 삶의 특별한 활력을 줄 것이라 여겼던 버킷 리스트는 어느 날부터 오히려 나를 짓누른 채 지금의 나,

현재의 나를 초라하게 만들고 있었다. 그렇게 얼마 지나지 않아 책상 앞 잘 보이는 곳에 붙여 뒀던 버킷 리스트는 떼어져 오래된 책들 사이 어딘가에 꽂혀 어디론가 사라져 버렸다.

10년이 지난 지금, 당시의 간절한 소망들을 난 거의 기억하지 못한다. 그리고 시간이 많이 흐르고 지난 다음에 돌이켜 보고서야, 그것은 진정으로 나를 행복하게 해 주는 것들이 아니었음도 알았다.

그 시절의 나는, 아직 나를 몰랐고, 더더군다나 스스로 진정 무엇을 원하는지에 대해서는 아예 무지하다시피 했다. 그러니 온갖 멋져 보이는, 다른 이들의 버킷 리스트를 베꼈을 수밖에 없었다. 때문에 내 것이 아닌 다른 이의 소망이 적힌 버킷 리스트는 나를 이끌지 못하고 압박하는 장애물로 전락하고 만 것이다.

내가 뭘 좋아하는지 구체적으로 아는 인생

'한국 영화 역사상 가장 유명한 감독이 누굴까?'라는 물음에 이전에는 의견이 분분할 수 있었으나 2020년 2월 9일 이후로 모든 논쟁은 깔끔하게 정리되었다. 봉준호 감독이 〈기생충〉으로 한국 영화 100

년 역사상 처음으로 칸 영화제에서 황금종려상을, 아카데미 시상식에서 감독상과 각본상 등 4관왕을 차지했기 때문이다.

봉준호 감독은 그의 이름만큼이나 유명한 별명이 하나 있는데, '봉테일'이 바로 그것이다. 봉준호 감독의 작업 스타일이 꽤나 디테일하다는 뜻이다. 실제로 그와 함께 작업했던 배우들은 촬영 전에 그의 머릿속에 이미 영화의 모든 그림이 완벽하게 구현되어 있다고 칭찬했다. 〈설국열차〉의 주연 배우 크리스 에바스는 이렇게 말했다.

"보통의 다른 감독들은 같은 장면을 여러 번 반복하면서 다양한 구도로 찍은 후에 편집합니다. 필요한 장면을 골라 내는 식이죠. 근데 봉준호 감독은 영화를 촬영할 때부터 머릿속으로 모든 편집을 끝내 놓고 필요한 장면들만 필요한 구도로 찍더군요. 못을 한 포대 달라는 게 아니라 못이 53개 필요하다는 식이었어요."

영국의 철학자 제임스 알렌은 "대부분의 사람들이 원하는 것을 얻지 못하면서 사는 이유는 자신이 원하는 것이 무엇인지 정확하게, 디테일하게 알지 못하기 때문이다"라고 말했다. 지피지기면 백전백승. 원하는 것을 얻기 위해서는 그 대상이 무엇인지를 먼저 알아야 한다. 그것을 원하는 주체인 자기 자신에 대해서도.

봉준호 감독은 여덟 살에 알프레드 히치콕의 〈싸이코〉를 보고 깊은 감명과 충격을 받아 영화를 탐닉하기 시작했고, 열두 살부터 영화

감독이 되기를 꿈꿨다.

"영화적 충격을 어릴 적부터 많이 경험했고, 자연스럽게 누가 이 모든 걸 카메라 뒤에서 만들어 내는지, 누가 이런 이야기를 쓰는지 궁금해졌습니다. 그리고 파기 시작했죠. 그게 뭔지 알고 싶었습니다."

유쾌한 심리학자로 잘 알려져 있는 문화심리학자 김정운 교수도 자신의 저서에서 이렇게 말했다.

"행복하고 싶은가? 그렇다면 행복을 구체적으로 '정의'할 수 있어야 한다. 내 침실의 '백열등 부분조명'과 '하얀 침대 시트'처럼. 자신이 좋아하는 것을 직접 느낄 수 있게 정의할 수 있어야 한다. (…) 내가 좋아하는 것을 분명히 해야 한다. 죽을 때까지 자기가 (진정으로) 좋아하는 것이 무엇인지 모르고 죽는 사람이 태반이다. 막연하게 좋은 것은 정말 좋은 것이 아니다. 좋은 것은 항상 구체적이어야 한다."

언제, 어디서 행복을 느끼는지 주의를 기울이다

스스로 행복하기 위해서, 오로지 나를 위해서, 남들 따라 쓰는 버킷 리스트가 아니라 나만의 행복 리스트를 만들고 싶어서 나는 내게 물었다.

"뭘 하고 싶어? 너를 행복하게 만드는 게 뭐야? 언제 제일 기분이 좋아?"

이번에도 역시 질문에 질문을 거듭하며 며칠 동안 리스트를 써 내려갔다.

"내 책상 앞에 예쁜 꽃이 늘 놓여 있다면 좋겠어. 봉긋한 모양이 사랑스러운 연보라색 튤립, 빛깔이 곱고 풍성한 라넌큘러스, 싱그러운 노란빛의 후리지아, 빈티지한 색감이 독특한 자나 장미, 5월의 여왕 감사의 꽃 카네이션까지. 밖에 자주 못 나가더라도 내 책상엔 늘 봄이, 계절이, 꽃이 놓여 있으면 좋겠어."

"와 좋네. 생각만 해도 행복하다. 근처에 꽃집이 있나 찾아볼게. 자, 이제 또 뭘 원해?"

"기분이 많이 우울할 땐, 벤티 사이즈 카라멜 프라푸치노를 사 줘. 휘핑크림을 산처럼 높이 얹어서. '살찌겠다', '칼로리가 얼마야' 같은 말은 일절 하지 말고."

"알겠어. 절대 잔소리 금지. 다른 건 없어?"

"이건 좀 말하기 그런데… 두세 달에 한 번은 공항에 가고 싶어."

"여행을 가고 싶다고?"

"아… 여행을 가도 좋지만, 그냥 공항에 가는 게 좋아. 지금 당장 파리행 비행기를 탈 사람처럼 캐리어도 끌고 여권도 들고 단지 공항에만. 리무진도 타고, 공항 주변을 어슬렁거리며 사람 구경도 하고, 괜히 서점이나 상점에도 들락날락하다 집으로 와 주면 돼."

"아…."

영화 〈사운드 오브 뮤직〉에는 한밤의 천둥 번개에 놀라 자신의 방으로 달려온 일곱 남매에게 가정교사 마리아가 말하는 장면이 등장한다.

"나는 기분이 나쁠 때, 나를 행복하게 하는 것들을 생각한단다. 수선화, 푸른 초원, 하늘의 별들. 장미 꽃잎 위의 이슬방울과 아기 고양이의 수염. 반짝이는 구리 주전자와 따뜻한 양모 장갑, 갈색 종이로 싸여 끈이 묶인 소포 꾸러미들. 이런 내가 좋아하는 것들을."

어느덧 마리아는 자신의 행복 리스트를 노래하기 시작하고, 겁에 질려 있던 아이들도 어느새 폴짝폴짝 침대 위에서 뛰며 꼬리를 잇듯 리스트를 늘여 간다.

"개에 물리고, 벌에 쏘이고, 마음이 슬플 때도 내가 좋아하는 것들을 떠올린다면 즐거워져. 크림색 조랑말과 바삭한 애플파이, 초인종과 썰매 방울들, 국수와 곁들여 먹는 슈니첼, 달을 보며 비행하는 야생 거위, 하얀 드레스에 푸른 새틴 띠를 한 소녀들, 코와 눈썹에 떨어진 눈송이들, 봄기운에 녹는 은빛 풍경, (…) 갯버들, 크리스마스, 어린 토끼들… 시원한 재채기."

노래를 부르며, 아이들은 행복해졌다. 밖에는 여전히 천둥 번개가 요란하게 치고 있었지만 말이다. 나 역시 행복해졌다. 올망졸망한 나의 예쁜 리스트를 보면서. 여전히 삶은 어제와 변함없이 천둥과 번개 속에 있었지만 말이다.

북 치고 장구 치고
내 마음대로 살다 보면

◦ 멈추기

"야! 다 꽂지 마. 그냥 큰 거 세 개만 해."

얼마 전엔 친구의 생일이었다. 축하해 주기 위해 몇몇이 함께 모였고, 준비해 온 케이크에 초를 꽂으려는 때였다. 친구는 뭐에라도 데인 사람처럼 화들짝 놀라며 내 손을 탁 쳤다. 초들이 바닥에 후드득 떨어졌다. 그 숨은 의미를 파악해 보자면, 나이를 한 살 한 살 다 채워서 세지 말고 대충 통으로 해 달라, 그냥 어림잡아 서른 살쯤으로 쳐 달라 뭐 그런 뜻이었다. 우리는 일제히 웃었다. '말 안 해도 안다' 하는 공감의 의미가 물씬 배어 있었다.

어느덧 서른 중반, 늙었다고도 마냥 젊다고도 말할 수 없는 나이. 세상을 잘 알 만큼 어른이 된 건 아닌 거 같은데, 또 그렇다고 이전만큼 싱그럽고 풋풋하며 열정이 넘치는지 물으면 고개를 갸웃거리게 되는 그런 나이. 무엇보다 삶의 처음으로 맞닥뜨리는 '노화'가 이제는 남 일 같지는 않을 나이. 그래, 우리는 젊음과 나이듦의 경계선 어딘가에 엉거주춤 서 있었다.

어쩌면 나이와는 상관 없는 일

"나 얼마 전에 거울 보고 진짜 기함했어. 흰머리가 있는 거야. 흰머리가! 그거 보고 며칠을 심란한 거 있지. 흰머리는 할머니나 돼야 나는 거 아니었냐고."

"그 정도면 늦게 난 거일지도? 은근 꽤 있어. 새치 땜에 염색하는 친구들. 나는 요새 팔자주름이 그렇게 깊어진다? 팔자 필러라도 좀 맞아야 할까 싶어."

"좋은 거 있음 공유하자 친구들아. 똑같이 먹고 똑같이 움직이는데도 자꾸 군살이 붙어서 죽겠어. 체력도 예전 같지 않고."

"그러게. 예전엔 예쁘다는 말이 세상에서 제일 좋았는데 이제는 어려 보인단 말이 그렇게 좋더라. 우리 늙나 봐."

한참을 자신들이 겪는 노화의 첫 시작점을 읊어 대던 친구들은 다같이 한숨을 내쉬었다. 불과 5년 전만 해도 우린 어떻게 하면 눈이 커보일까, 코가 날렵해 보일까, 어떻게 날카로운 턱선을 소유할 수 있을까에 대해 토론했다. 지금, 서른 중반에 다다른 여자들은 더 이상 커다란 눈과 날카로운 턱선에 목매지 않는다. 어떻게 하면 볼살이 통통해 보일까, 머리숱을 풍성하게 유지할 수 있을까, 눈가 주름과 팔자 주름이 더 깊어지지 않을까 고민한다.

쏜살같이 흐르는 시간의 속도에 대한 고민, 불안, 낙담과 두려움의 소용돌이 속에서 나는 홀로 조용히 미소 지었다. 시간을 멈추는 방법을 알고 있었기 때문이다.

수요일 저녁이 되면, 늘 집 근처 아파트 광장에 들른다. 그곳에 일주일에 한 번씩 찾아오는 꽃 트럭 때문인데 꽃들이 기본 한 단에 오천원, 좀 더 비싼 것은 팔천 원까지 아주 저렴하고 종류도 여느 고급 꽃집만큼 다양하다. 장미, 프리지아, 하노이, 수국, 미니거베라, 아네모네 등등… 요번에는 어떤 아이를 데려갈까 색색의 아름다움을 뒤적이는 순간은 내가 일주일 중 가장 고대하는 기쁨의 순간 중 하나다.

매일 혹은 격일 저녁에는 조용히 책상에 앉아, 잔잔한 음악을 틀어 놓고 하루 한 편씩 시를 필사하거나, 감사 일기를 쓴다. 더 내키면, 만년필이나 캘리그래피 펜을 꺼내 들기도 한다. 사각사각 소리를 내며 한 자 한 자 마음에 글귀를 새기듯 종이를 채워 넣는 그 시간 역시 나를 미소 짓게 한다.

아침에는 좋은 향이 나는 원두를 골라 핸드 밀에 넣고 손잡이를 돌린다. 여과지에 곱게 간 원두를 넣고 천천히 리듬을 타듯 원을 그리며 물을 부어 커피를 추출한다. 향기로운 커피와 함께 도톰한 식빵, 크림치즈와 무화과 잼을 곁들이면 호텔 조식 부러울 거 없는 근사한 아침 식사가 된다. 좀 더 시간이 여유로운 날엔 아보카도와 새우, 얇게 썬 사과를 올린 오픈 샌드위치를 만들어 커피와 먹기도 한다.

마음이 울적하고 어디론가 훌쩍 떠나고 싶을 때는 아무 계획도 없이 캐리어를 들고 훌쩍 집을 나선다. 밤 비행기를 타기 위해서다. 공항 리무진을 타고, 이어폰을 꽂고, 세팅해 놓은 음악을 재생한다. 주홍빛 자동차 헤드라이트 불빛을 받으며 공항으로 향하는 밤 도로를 달리는 기분은 안 해 본 사람은 결코 모를 거다. 차에서 내려 몇 걸음 걸으면 거대한 자동문이 활짝 열리는데, 그러면 항공편 스케줄 보드가 다다닥 경쾌한 소리를 내며 돌아가고, 저마다의 짐을 끄는 여행객들이 공항 이곳저곳을 바삐 돌아다니는 새로운 풍경이 눈앞에 펼쳐진다. 이쯤 되면 나의 작은 가슴은 풍선처럼 부풀어 올라 둥둥 하늘 높은 줄 모르고 솟구쳐 오른다. 코를 벌름거리며 공항의 냄새를 맡고, 여행의 향취를 몸에 가득 담고, 자유와 여가와 휴식, 새로움의 느낌을 오감으로 가득 충전한 후에 나는 다시 발을 돌려 빈 캐리어를 끌고 집으로 돌아온다.

앞서 언급했던 '행복 리스트'의 현실화다. 내 삶에서의 행복이 실제화되는 순간이다. 크고 높고 거대했던 버킷 리스트의 꿈은 많은 수고와 애씀에도 잘 이루어지지 않았지만, 작고 소소하고 확실한 행복들은 매일의 조그만 노력에도 내게 꼬박꼬박 기쁨을 가져다 줬다. 전혀 예상치 못했던 새로운 시간들도 함께.

수평의 시간, 수직의 시간

시간에는 두 가지 종류가 있다. 공간의 계통이 수평과 수직으로 나누어지는 것과 똑같이. 첫 번째 시간은 모두가 알고 있는, 수평의 시간, 과거에서 미래로, 아이에서 노인으로 연대기적 순서에 따라 이어지는 흐름이다. 두 번째 시간은 수직의 시간인데 수평의 시간과 성격이 꽤 다르다. 일단 이 시간은 앞으로 흐르지 않는다. 수평의 시간이 밖으로, 앞으로 화살표가 향해 있다면, 수직의 시간은 안으로 그리고 아래로 화살표가 향해 있는 식이다.

시간이 멈춘 듯한 특별한 순간, 오로지 내 눈앞에 '지금'의 한 점만 깊이깊이 존재하는 것 같은 그런 순간, 그때가 바로 이 수직의 시간, 다른 말로 카이로스의 시간(그리스 신화 속 시간의 신은 '크로노스(자연히 흐르는 물리적인 시간)'와 '카이로스(특별한 시간, 기회, 유의미한 때를 의미)'로 나뉘어져 있다)의 때이다. 세계적인 물리학자 아인슈타인 역시 뉴턴의 고전역학(모든 시간은 절대적이다)이 우주의 기본 원리로 당연시되고 있을 즈음에 전혀 다른 시간이 있음을 상대적 이론으로 증명했으니, 이의 진위 여부에 대해서는 재론의 여지가 없을 것이다.

시간은 모두에게 동일하게 흐르지 않는다. 현대에서는 더 이상 새롭지 않은 기본 명제이다. 물론 유전자의 영향도 무시할 수 없지만, 이론적으로는 같은 나이임에도 전혀 그렇게 보이지 않는 동년배들을 우리는 자주 본다. 또한, 꽤 오랜 시간이 지나 만난 지인이 (어떤 시술도 하지 않았음에도) 무슨 이유인지 회춘한 듯 젊어진 것을 보기도 한다. 사업 실패, 이혼, 사기, 배신 등등 삶의 고통스러운 일을 겪은 사람이 단 며칠 만에 까맣던 머리가 하얗게 세어 버리는 경우도 있다. 소설《벤자민 버튼의 시간은 거꾸로 간다》의 내용처럼 어떤 사람은 어쩐지 날이 갈수록 더 젊어지는 것만 같을 때도 있다.

박막례 할머니처럼 유쾌하게

70살에 생애 처음으로 해외여행을 떠난 어느 할머니도 그러했다. 할머니는 그 시절의 어르신들이 대부분 그러하듯 고된 삶을 사셨다. 생업에 쫓겨 하루하루 눈코 뜰 새 없이 일했고, 시간은 쏜살같이 흘러 갔으며 고개를 드니 어느덧 70이라는 나이가 성큼 눈앞에 와 있었다.

심지어 검진 차 찾은 병원에서 의사는 이제 나이도 많고 노쇠하셨으니 치매를 조심하셔야 한다고, 충분히 진행 가능성이 있다고 경고했다. 병원에 함께 동행한 손녀는 그 말을 듣고 지금껏 50년을 일만 하고 살아온 할머니의 시간을 새롭게 채워드리리라 결심했고, 회사에 사표까지 던지고 할머니의 첫 자유 해외여행에 함께했다.

"여행 갔다 오고 나면 세상이 확 달라져. 내가 한 10년은 젊어진 것 같고, 내가 몰랐던 세상을 알게 된 것 같고. 새로운 경험은 새로운 인생을 살게 하는 거야."

손녀는 할머니와의 좌충우돌 여행기를 단순히 추억을 기록하는 용도로 유튜브에 업로드했다. 이 영상은 뜻밖의 잭팟이 터져 130만 유튜버 '박막례 할머니'의 역사적인 시작점이 되었다. 그리고 4년이 지난 지금, 박막례 할머니는 어쩐지 처음 그때보다 더 활기차 보인다. 얼굴의 주름은 4년 전보다 더 없어졌고, 표정에는 익살과 재치가 더욱 늘어났으며, 원래 크던 목소리와 웃음소리는 데시벨이 더 높아졌다. 어르신 특유의 등산복 차림에 바글바글한 파마머리도 어느덧 알록달록한 옷과 헤어밴드로 산뜻하게 바뀌었다.

무엇보다 그토록 소원하던 나훈아 콘서트 가기, 평생 처음으로 파스타와 평양냉면 먹어 보기, 자신을 사랑하는 사람들에 둘러싸여 팬미팅 하기, 힐링 마카오 호캉스 가기, 주식 시작해 보기 등등 그간(무려 50년을) 생계를 책임지느라 하지 못했던 일들을 4년간 차곡차곡 알차게도 만끽한 할머니는 더 이상 이전의 '노인'이 아니었다.

"왜 남한테 장단을 맞추려고 하나. 북 치고 장구 치고 네 하고 싶은 대로 치다 보면 그 장단에 맞추고 싶은 사람들이 와서 춤추는 거여."

할머니는 요즘, 비대면 소개팅을 한다. 식단 조절과 운동으로 근육 만들기에도 열심이다. 틱톡을 하고, 넷플릭스에도 입문했다. 힙스터 감성을 뽐내며 댄스 챌린지에도 도전한다.

뭐든지 하고 싶은 것을 자신의 방식대로 북 치고 장구 치고 마음 가는 대로 냅다 해 버리는 할머니의 태도에, 할머니의 그 팔딱팔딱한 젊음에 많은 청년들은 열광하고 있다.

나는 오늘도 내게 멈춤의 시간들을 허락한다. 모래알처럼 그저 손가락 사이로 새어 나가는 그런 시간이 아니라 내 가슴 한복판에 쾅 하고 선연히 새겨지는 시간들을. 수평의 시간이 아니라 카이로스의 수직의 시간들을. 하늘은 맑고 세상은 밝으며, 새와 꽃과 구름이 멈춘 듯 아름다운 그런 시간들을.

조카와 함께하는 보드게임 시간, 좋아하는 빈티지 가게에서 예쁜 귀걸이를 만지작대는 시간, 토요일 오전에 동네 도서관 서가를 이리저리 기웃거리는 시간, 내내 도전해 보고 싶었던 마카롱 직접 만들어 보는 시간… 삶이라는 책 곳곳에 네잎 클로버처럼 이 예쁜 시간들을 책갈피 삼아 끼워 넣는다.

이런 시간들이 쌓이면 쌓일수록 우리는 더 젊어진다. 표정이 밝아지고 굽은 어깨가 펴진다. 느릿느릿 걷던 걸음에 활기가 생기고, 눈이 초롱초롱해지며, 볼도 봄 처녀처럼 발그레해진다. 그토록 꿈꿔 왔던 노화 방지 혹은 안티 에이징 효과를 공짜로 거저 누리는 것이다. 그래서 더더욱 나는 나의 행복한 시간들을 포기하지 못한다.

남들이 주는 사랑도
잘 받아야겠지

○ 받기

"활짝 웃는 모습이 예쁘시네요. 눈웃음이 예뻐요."

"아 아니에요. 무슨요. 웃으면 눈이 아예 없어져서 큰일이에요."

"해맑아 보이고 좋은데요? 웃음소리도 유쾌하시고."

"아… 제가 너무 경박하게 웃었죠? 좀 조용히 웃었어야 했는데…"

"아니 제 말은 그런 뜻이 아니고…."

또 그러고 말았다… 분위기가 급격히 어색해진다. 이쯤 되면 칭찬
을 하는 사람도 그것을 받는 사람도 머쓱해져 참을 길 없는 불편함과

어색함만이 그 사이를 맴돌고 만다.

이것은 나의 오랜 버릇이다. 여섯 혹은 일곱 살쯤으로 기억하는 어린 시절의 경험 때문인데 당시 내 눈앞에서 하늘 위로 돈 다발, 그러니까 만 원 뭉치들이 이리저리 날아다니고 있었더랬다.

부모님과 나는 지방에 다녀오다가 먼 친척뻘 되는 할아버지 댁에 들렀다. 맛있는 것도 먹고, 마당도 구경하고, 동네 꼬마들과도 한참을 논 후에 집으로 돌아가려는 참이었다. 차에 오르기 직전 늘 하던 대로 꾸벅 배꼽 인사를 했다. 어르신은 그런 내가 기특했던지 "아이고 착하네. 가면서 과자라도 하나 사 먹거라. 밥도 많이 먹고 키도 쑥쑥 크고" 하며 지갑에서 만 원짜리 지폐 몇 장을 꼭 쥐어 주셨다.

"감사합니…."

나의 인사가 미처 끝나기도 전이었다. 손 안의 지폐가 휙 바람처럼 사라지더니 캐치볼의 공처럼 여기서 저기로, 다음 순간에 또 제자리로 어지러운 포물선 운동을 하고 있는 것이었다. 내 손의 지폐를 나도 모르는 새 앗아가, 다시 할아버지에게 던지듯 돌려주다 못해 아버지는 얼른 나를 차에 태우고, 차를 출발시키려 했고, 할아버지는 또 할아버지대로 반쯤 열린 창문을 잡고 받은 지폐를 어떻게든 던져 넣으려고 열성이었다. 다시 얼결에 내 무릎 위에 떨어진 '지폐 폭탄'이 터질세라 얼른 창밖으로 재투척하는 아버지. 그렇게 이쪽저쪽으로 휙휙 던져지는 구겨진 만 원짜리들… 하늘을 날아다니는 돈다발들… 꼬마는 그저 이 놀라운 광경을 지켜볼 뿐이었다.

그때 그 폭탄 돌리기의 결말이 어떠했는지, 결국 누구의 승리로 끝맺었는지 나는 기억하지 못한다. 다만, 그 필사적인 몸짓과 '결코 받지 않겠다', '받아서는 안 된다'는 굳은 의지만 떠오를 뿐.

주는 것보다 받는 것이 어려운 나에게

"너는 스스로를 사랑하는 연습을 한다면서, 왜 내가 널 위하려는 건 거부해? 그게 네가 말하는 연습이야?"

오랜만에 만난 친구가 뭔가를 사 주고 싶다 했다. 일전에 부탁한 일도 있고, 소소히 개인적으로 축하할 일도 있어서였다. 그러면서 친구는 예전에 내가 지나가면서 갖고 싶다고 아무 생각 없이 툭 내뱉었던 스피커를 선물하겠다 말했는데, 나는 그 말이 떨어지기가 무섭게 황급히 휙 던져 버렸다.

"야, 그게 얼만데 됐어. 그냥 맛있는 밥이나 사 줘."

그녀는 다급하게 뱉은 내 대답에 물끄러미 나를 한참이나 바라보더니 이렇게 말했다.

"남들이 네게 주는 사랑을 받지 않으면서 정작 너 자신은 스스로를 사랑하겠다는 게 말이 돼?"

나는 순간, 할 말을 잃은 채 걸음을 멈췄다. 정곡을 찔린 마음이 당황스러워하는 것이 느껴졌다.

"받아, 잘. 그것도 스스로를 위하는 것이니까."

그날 밤, 결국 내 방 침대 옆에 예쁘게 놓인 스피커에서 흘러나오는 감미로운 음악을 들으면서 나는 나의 다음 연습 과제가 정해졌음을 알았다. 바로 '잘 받기'다. 잘 주기 말고 잘 받기 연습이 그것이다.

'주는 게 어렵지 받는 게 뭐가 어렵지' 생각할 수도 있다. 하지만 받는 것보다 주는 것이 쉬운 사람들이 주변에 꽤 많다. 주는 것에는 아무런 거리낌이 없다가도 순서를 바꿔 자신이 받을 차례가 되면 식은땀이 나고 손사래를 쳐야만 할 것 같고, '아니야', '괜찮아' 같은 말들이 자동으로 튀어나오는 사람들. 나는 그런 사람들 중 하나였다.

나는 이 연습을 철저하게 실천하기 위해 세 가지 규칙을 세웠다. **첫째, 무조건 받는다.** 무엇이든 상대가 나를 위해 주는 것이면 일단 받기로 했다. **둘째, 받고 나서 '감사합니다' 이외에 다른 말을 덧붙이지 않는다.** '아니에요', '무슨 말씀을요', '아니 뭐 이런 걸 다' 같은 말들을 절대 하지 않는다. 셀프디스에 가까운 겸손을 가장한 멘트도 금지다. 오직 '감사합니다'와 미소로만 반응할 것. **셋째, 보답하지 않는다.** '받음'을 교묘히 피하는 '줌'은 허용되지 않는다. 나는 늘 내가 받는 무엇에 하나 혹은 둘 이상의 덤을 얹어 상대에게 되돌려 주곤 했다. 칭찬을 받으면 이에 질세라 더 크게 상대를 칭찬했고, 무언가를 선물받으면 그 이상의 선물을 이자까지 쳐 돌려줬다. 이를 막기 위해 어떤 보답도 하지 않을 것을 규칙으로 삼은 것이다.

샤랄라 한 레이스 원피스를 입고 한껏 외모를 단장한 채 모임에 참석했을 때의 일이다.

"오늘 왜 이렇게 예뻐? 장난 아닌데?"

지인의 인사에 나는 움찔했다. '얼굴이 화사하지 않아서 옷이라도 화사하게 입었어'라는 말이 툭 하고 튀어나오려는 걸 간신히 집어삼켰다. 애써 입꼬리를 말아 올려 싱긋 웃으며 답했다.

"고마워."

식은땀이 났다. 그 다음에 (너도 오늘 너무 예쁘네' 같은) 어떤 말도 덧붙이지 않으려고 무진장 애썼다.

지인과의 식사 자리였다. 꽤 값이 나가는 식사를 마치고, 카운터로 향하려는 찰나, 지인은 자신이 계산하겠다며 카드를 꺼내 들었다. 보통 같았으면 나는 "아니에요. 제가 살게요"라거나 "아, 그럼 커피랑 디저트는 제가…"라고 말했을 것이다. 나는 침을 꿀꺽 삼켰다. 아마도 그 말을 삼키기 위해서였다. 그리고 말했다.

"감사합니다. 맛있게 잘 먹었어요."

레스토랑을 나오는 동안 내 손에 땀이 흥건히 배어 있었던 것을 기억한다.

잘 받는 사람이 잘 줄 수 있다

잘 받는 것은 잘 주는 것보다 어렵다. 이후에도 잘 '받기' 위해 나는 여러 번 심호흡을 했다. 그리고 생각했다. 도대체 왜 받는 일이 이토록 어려운가에 대해서, 주는 순간은 그렇지 않으면서 왜 받는 순간만 되면 진땀을 빼는지에 대해서 말이다.

마음속 깊은 곳에서 '넌 양심이 없어?', '네게 그럴 자격, 명분이 있어?', '왜 이렇게 이기적이야?' 같은 소리가 끊임없이 들려왔다. 나는 그 순간들을 그저 견디며 버텨 냈다. 마음이 뭐라고 하거나 말거나 받는 연습을 지속했다. 때로는 '내가 왜 자격이 없어? 그래 나 이기적이다! 앞으로 더 이기적일 거니까 그만 조용히 해!'라며 스스로에게 버럭 소리치기도 했다.

이제 나는 처음 보는 사람의 칭찬에 "감사합니다" 하고 대답한다.

여전히 멈칫하긴 해도 대체로는 괜찮다. 소품샵 쇼윈도를 바라보는 내게 "저거 선물로 사 줄까?" 하고 친구가 얘기하면, "정말? 사 주면 엄청 좋지이!" 하고 반색한다. 도움이 필요하면 언제든지 말하라는 지인에게는 선뜻 늦은 시간에도 전화해 어려움을 토로하기도 한다. 나는 이전에 민폐라 생각해 꺼려 했던 많은 것들이, 이기적인 것이라 터부시했던 많은 일들이, 사실 사랑이었음을 알았다. 더불어 잘 받는 사람만이 진정으로 잘 줄 수 있다는 것도 함께.

아파트 옆 동에 사는 조카와 조카의 친구, 꼬맹이 둘이 집에 놀러왔다. 유독 피규어와 인형, 디즈니 용품이 많은 내 방을 자랑하고 싶은 조카가 친구를 집에 데려온 것이다. 이것저것 방의 장난감들을 구경하던 조카의 친구가 선반 위 어느 미니어처 앞에서 멈춰 서 있었다. 그것은 오래 전에 생일 선물로 받은 내게 소중한 물건이었다.

"만져 봐도 돼요?"

꼬마 숙녀는 초롱초롱한 눈빛으로 내게 물었다. 나는 고개를 끄덕였다.

"이렇게 여길 누르면 불도 켜져."

꼬마는 놀라 눈이 번쩍 뜨였고, 그때부터 아이는 그 앞에서 요지부동이었다. 집에 돌아갈 시간이 되자 표정이 어두워진 꼬마에게 나는 그 미니어처를 손에 쥐어 줬다. 아이의 얼굴에 환한 미소가 피어났다. 아이는 말했다.

"제가 받아도 돼요? 이모가 아끼는 거라고 했잖아요."

"받아도 돼. 이모도 받은 거거든. 대신 잘 쓰다가 다른 누군가한테 필요한 일이 생기면 그땐 너도 잘 줄 수 있겠어? 꼭 이 장난감이 아니어도 말이야."

아이는 고개를 끄덕였다. 꾸벅 여러 번 인사를 하고 돌아가는 아이의 발걸음은 경쾌했다. 내 마음도 그랬다.

"이모! 세상 최고로 멋지고 예뻐요. 너무 좋아요."

나는 생긋 예쁘게 웃으면서 아이를 보며 말했다.

"고마워. 내가 좀 그렇지?"

2장

나를 위해 할 수 있는 일이
이토록 많다니

나에게 고운 말만
들려주기로 약속하다

○ 내면 관리

"채찍을 멈추세요. 학대를 그만두세요. 이제 회초리를 거두세요."

재미있고 유익한 수업이라는 지인의 소개로 한 집단 심리상담 수업에 참여했다. 무엇보다 스스로를 아끼는 법을 알려 준다는 말에 솔깃했다. 기대감을 갖고 찾아간 그곳에서는 대뜸 이렇게 말을 했다.

"여기 계신 분들 모두 지금은 온화하고 인자한 웃음으로 계시지만, 사실 누구보다 폭력적인 분들입니다. 학대자이고, 무자비한 편이죠. 그런데도 그걸 이렇게나 잘 감추고 계시니 위선자이기까지 합니다.

참 싫네요. 정말 별로예요."

아차, 싶었다. 뭔가 잘못됐다 싶었다. 지금이라도 가방을 챙겨 나가야 하나? 환불을 해 달라고 하면 첫 수업은 제하고 해 주겠지? 아니, 근데 자기가 날 언제 봤다고 저렇게 막말을 지껄여 대는 거야? 불쾌하다고 말해야 할까? 이런저런 생각이 머릿속을 뒤죽박죽 옮겨 다닐 때, 선생님은 다시 덧붙였다.

"기분이 어떠세요?"

남에게도 하지 않는 모진 말이라면

방금 전까지와는 달리 생긋 환히 웃으며 다정한 얼굴로 학생들 하나하나를 깊이 들여다보는 그녀의 모습에, 우리는 모두 할 말을 잃은 채 눈앞의 상황을 파악하려 서로의 눈치를 살폈다.

"기분 나쁘셨죠? 화도 나셨을 수 있고요. '당신 따위가 뭐라고 이렇게 내게 함부로 말해?' 하고 생각하셨을 수도 있어요. 근데 그거 아세요? 이것보다 훨씬 더 높은 강도로 못된 말이 쏟아지고 있어요. 하루 종일 여러분들 마음속에서요."

행간을 이해하지 못해 어리벙벙한 얼굴을 한 모두에게 선생님은 익히 예상한 반응이라는 듯 이어 말했다.

"제 말을 증명할게요. 자, 오늘부터 집에 가서 노트를 하나 쓰는 겁니다. 마음의 소리를 활자로, 가감 없이 그대로 쓰는 거예요. 내가 나에게 불만을 토할 때, 비난을 가할 때 그 순간을 포착해서 글로 써 보세요. 그리고 다음 주에 이걸 나눠 봅시다."

"엄마 미워. 엄마는 왜 맨날 잘못한 것만 말해? 할머니는, 내가 잘못하면 딱 한 번만 얘기하고 내가 잘하는 거는 계속 얘기해 주는데. 잘했다. 멋지다. 근사하다. 최고다. 우리 강아지 예쁘네. 자꾸 말해 준다고. 근데 엄마는 내가 잘한 거 있을 때는 그냥 잘했다고만 하고 끝내면서 뭐 하나 잘못하면 그걸 가지고는 계속 뭐라고 하잖아!"

"그건 엄마가 너 잘되라고 그러는 거지. 잘못한 거를 고쳐서 더 좋은 사람이 되라고 그러는 거지. 엄마 마음도 몰라?"

"몰라. 마음이 보이지도 않는데 어떻게 알아. 말은 들리기라도 하지. 그리고 엄마가 계속 혼내고 나면 나는 좋은 사람이 되고 싶지 않고 어떤 날은 더 나쁜 사람이 되고 싶기까지 해."

며칠 전, 조카는 비슷한 말을 했다. 조카는 그날도 엄마에게 혼났는데 그날따라 길어지는 잔소리에 결국 눈물을 보였다. 그러면서 제 엄마의 가르침을 강력히 비판했다. 엄마는 진짜 이상하다고, 칭찬은 짧고 간단하게 영혼도 없이 대충하면서, 꾸중은 굵고 길게 오래 끝도 없이 한다고. 어린 딸의 뜻밖의 강한 반발에 나의 언니는 다소 주춤했고, 그날 밤 오래오래 딸의 말을 곱씹었다고 했다.

그즈음 새로 받은 숙제를 한참 수행하고 있던 나도 그 얘길 듣고 뜨끔했다. 아무 기대도 없이 시작한 숙제는 매일, 노트 두 장씩을 빼곡히 채우고 있었다. 나에 대한 불만, 분노, 채찍질 등을 하루 노트 두 장씩 꾸준히 하고 있었다. 나흘째에는 글씨 크기를 일부러 깨알만하게 조정했는데도 세 장을 넘겨 기록했다.

'또 운동 패스? 너 진짜 의지박약에 구제불능이다.'

'오늘 왜 이렇게 못생겼지? 피부는 또 왜 이래?'

'다이어트 한다며? 내일 되면 2킬로그램은 불겠다.'

'이걸 글이라고 썼어? 이건 쓰레기지.'

선생님이 옳았다. 나는 나를 끊임없이 비난했고, 내용은 과격했다. 그 사유는 어처구니없었다. 알람을 끄고 늦잠을 잔다거나 운동을 미룰 때, 그것으로 인해 ('왜 사니?'와 같은) 삶의 가치 여부를 논한다거나 존재 자체를 비하하는 것은 약과였다.

물을 따르다가 물을 얼마쯤 흘리는 문제에 미처 대비할 새도 없이 날아오는 '그런 것도 제대로 못하냐? 넌 잘하는 게 뭐니?'라는 독설에 아찔했다. 택시가 잡히지 않거나 내가 선 음식점의 줄만 유독 길 때 무방비하게 행해지는 '역시 넌 재수가 없어. 되는 일이 없다니까'라는 참신하고 창의적인 공격에 그저 말문이 막힐 따름이었다.

가감 없이 그대로 옮겨 적으라는 선생님의 요청이 아주 어려운 것이었음을 깨달았다. 나는 내 마음의 소리를 조금 더 부드러운 어조로 각색하려는 유혹을 여러 번 아주 힘겹게 떨쳐 내야 했다.

나를 더 이상 때리지 않기로 다짐하다

그나마 위안인 것은 이러한 극단적인 창의성을 발휘하는 사람이 나뿐만은 아니었다는 것. 한 주 지나고 다시 모인 집단 상담 시간에 우리는 각자의 스토리텔링 능력을 자랑하며 얼마나 많은 경우에 내가 나를 비난할 수 있었는지를 이야기했다.

24시간 중 단 1분의 낭비도 없이 살고 있는 듯 보이는 워킹맘 J는 감기에 걸린 아이를 유치원에 보내는 자신을 엄하게도 단죄했고, 5년 간 다니던 직장을 그만두고 잠시 쉬고 있는 K는 티브이 속 장어구이를 보고 침을 흘리는 자신에게 회초리를 들며 '네가 무슨 자격으로 장어를? 너 백수잖아. 돈도 없는 게 라면이나 먹어'라며 말했고, 누가 봐도 예쁘고 동안인 얼굴을 가지고 있는 C는 거울을 볼 때마다 자신에게 '못생겼다, 늙었다, 주름 생겼다, 칙칙하다' 등등 온갖 외모 품평과 원치 않는 미모 심사평을 쏟아 냈다.

우리의 말을 천천히 다 듣고 난 선생님은 말했다.

"모두 그래요. 저조차도요. 정신을 차리고 있지 않으면, 매순간 우리는 우리 자신을 때립니다. 악플에 시달리고 있어요. 숨 쉴 수 없을 만큼 잔소리를 퍼붓고 바가지를 긁고 완벽주의를 갖다 대죠. 이제 우리 마음의 악플러를 고소해야 해요. 쫓아내야 합니다. 그리고 예쁜 말을 들려줘야 해요. 우리는 고운 말, 따뜻한 말을 들어야 합니다."

고된 과제에 지친 학생들에게 선생님은 당근을 내밀었다.

"다음 주에는 고운 말을 들려주세요. 아침에 일어나자마자 자신에게 예쁜 말을 전해 줍니다. 종이에 또박또박 정성껏 쓰고, 소리 내어 읽어 주세요. 그리고 모진 말이 마음속에서 올라올 때마다 예쁜 말을 적은 종이를 꺼내 자신에게 읊어 줍니다. 수많은 사람을 상담한 끝에 깨달은 바가 있어요. 채찍은 무언가를 절대 가져다주지 않아요. 치유는 늘 당근에서, 애정에서, 사랑에서 온다는 것을요. 저는 체에 거른 밀가루처럼 말을 거르고 거릅니다. 평생 갈 남편감을 고르듯 고르고 고르지요. 그렇게 가장 고운 말만 나에게 줘요. 말은 힘이 세요. 당신이 들려준 말이 그대로 당신의 존재가 될 만큼요."

다음 주에 나는 더는 부드러울 수 없을 만큼 부드럽고, 더 이상 건강할 수 없을 만큼 건강하고 영양가 있는 말을 준비해 먹였다. 조금이라도 유해한 무엇이 섞여 들어가지 않도록 날을 세우고, 마음을 살폈다. 그리고 매일 아침 스스로에게 말했다.

'오늘은 절대로 너를 다그치지 않을 거야. 절대로 비난하지 않을 거야. 혹여 만에 하나, 나도 모르게 너를 꾸중한다면 바로 사과할 거야. 나는 내게 소중하고 예쁜 말들을 할 거야. 좋은 것만 주고 좋은 말만 먹일 거야.'

물론 쉽지 않은 일이었다. 매일의 굳은 다짐에도. 부지불식간에 기존의 것들이, 자극적이고 폭력적인 맛들이 불쑥불쑥 교차로의 난폭 택시처럼 튀어나왔다.

그러나 그럼에도 나는 계속했다. '안 한다며? 또 했네 또'라는 말조차 정정했다. '괜찮아. 그럴 수도 있지. 잘하고 있어'라고 나는 다시 말했다. 일에 지쳐 볼살이 핼쑥해 보일 때도 '와 얼굴이 더 작아졌네. 예쁜 얼굴 없어지겠다'라고 얘기했고, 핸드폰을 어디다 뒀는지 기억이 나지 않아 찾아다닐 때도 '그래도 이번 주에는 처음이지? 인간미 있네'라고 격려했다.

또 지난주에 충동구매로 산 카디건이 생각보다 마음에 들어서 '역시 눈썰미 하나는 최고. 내 사이즈는 벌써 품절이던데 충동구매도 실력이야' 하고 칭찬에 칭찬을 더했다. 거기에 더해 문장 하나, 문단 하나를 쓰고 '와 너무 좋은데? 대박 정말 잘 썼다' 하고 주책을 떨었다.

말하는 대로 생각한 대로 된다

일주일 후, 고운 말을 잔뜩 듣고 만난 동기들은 얼굴에서 번쩍번쩍 빛이 나는 것 같았다. 안색이 뽀얗게 맑아졌고, 목소리도 한 옥타브씩은 올라갔으며, 어딘지 모르게 얼굴의 주름들도 하나씩은 펴진 것 같았다. 그리고 우리는 (악플만 먹고 만난) 전 주보다 더 많이 웃었고, 더 많이 장난쳤고, 더 많은 이야기를 나눴다.

임산부는 뱃속의 아기를 위해, 좋은 말만 듣고 좋은 말만 하고 좋은 것만 본다. 과일 하나를 먹더라도, 모양이 찌그러지거나 귀퉁이가 상한 것은 먹지 않는다. 좋은 것, 예쁜 것만 몸에 소중히 담는다.

베스트셀러 《물은 답을 알고 있다》에서도 비슷한 실험 내용이 나오는데 물을 양쪽 컵에 나눠 담고 한쪽에는 '고마워, 사랑해'라고, 다른 한쪽에는 '짜증 나, 미워'라고 라벨지를 써 붙였다. 그리고 며칠 후, 현미경으로 관찰한 양쪽의 물 입자는 확연히 다른 모습으로 변해 있었다. 전자가 보석 왕관처럼 아름다운 생김이었다면, 후자는 울퉁불

퉁 잔뜩 삐뚤어진 모양새였다.

불과 일주일의 시간이었는데도 확연히 달라진 사람들의 모습을 보며, 나는 문득 한 청년이 떠올랐다. 매일 밤 못난 자신에 대한 자책과 미래에 대한 걱정으로 잠 못 들고, 베개 맡에서 '난 왜 안 되지. 난 왜 안 되지. 도대체 왜 나는'이라고 자신에게 말하던 그를. 매일을 그렇게 가슴이 답답하고 마음이 쓰리고 두려움에 오들거리던 청년은, 자신에게 다른 말을 들려주자고 결심한다. 그리고 20여 년 후, 그는 티브이 프로그램에서 이 노래를 불렀다.

나 스무 살 적에 하루를 견디고 불안한 잠자리에 누울 때면
내일 뭐하지 내일 뭐하지 걱정을 했지
두 눈을 감아도 통 잠은 안 오고 가슴은 아프도록 답답할 때
난 왜 안 되지 왜 난 안 되지 되뇌었지
말하는 대로 말하는 대로
될 수 있다곤 믿지 않았지 믿을 수 없었지
마음먹은 대로 생각한 대로
할 수 있단 건 거짓말 같았지 고개를 저었지 (…)
멈추지 말고 쓰러지지 말고 앞만 보고 달려 너의 길을 가
주변에서 하는 수많은 이야기 그러나 정말 들어야 하는 건
내 마음 속 작은 이야기 (…)

말하는 대로 말하는 대로
될 수 있단 걸 눈으로 본 순간 믿어보기로 했지
마음먹은 대로 생각한 대로
할 수 있단 걸 알게 된 순간 고갤 끄덕였지 (…)
말하는 대로 말하는 대로
말하는 대로 말하는 대로

_ 처진 달팽이(유재석 & 이적), <말하는 대로>

나는 청년 유재석이 국민 MC 유재석이 될 그 오랜 시간 동안 자신에게 들려줬을 예쁜 말들이 고맙다. 지금의 그가 되도록 분명 스스로를 다독이고 키워 왔을 그 말들이 참 기특하다. 그리하여 이토록 아름다운 노랫말을 우리가 듣게 되었으니까. 그래, 우리는 예쁜 말을 들어야 한다. 지금도, 내일도, 그 다음에도.

외모 지상주의자에서
자기애주의자로

○ 자기애

대한민국 여자로, 아니 이 지구상에 여자로 태어나서 한 번쯤은 유혹에 빠지지 않을 수 없는 그 이름 성형수술. 길을 걷다 우연히 쇼윈도에 비치는 내 모습을 봤는데 한없이 못나 보이고 초라해 보일 때가 있다. 유독 마주하기 싫은 못난 얼굴이 적나라하게 훤히 들여다보여서 얼른 휙 하고 고개를 돌리고 싶은 그런 때.

'아름다움을 선물하세요. 쌍꺼풀 99만 원, 코 ○○만 원, 양악 수술 ◇◇만 원' 광고 문구 옆에 천상의 아름다움을 가진 그림 같은 한 여인이 미소를 짓고 있다. 당장에라도 병원으로 찾아가 '사진 속 여자처럼 만들어 주세요'라고 외치고 싶어진다. 여름방학, 겨울방학이 지나면 달라지는 친구들의 낯선 얼굴을 볼 때도 경이로움과 함께 현대 의학의 눈부신 발전에 나를 한 번 맡겨 볼까 하는 충동을 느낀다.

너는 이 부분만 고치면 딱 좋을 텐데

얼마 전 조카가 내 핸드폰으로 사진을 찍더니 "나 용돈 모아서 쌍꺼풀 수술할 거야. 사진 속 나는 예쁜데 실제로는 별로라서 싫어"라고 내게 말했다. 사진 속에 내가 아는 얼굴은 없었다. 어플리케이션으로 이리저리 키우고 깎고 보정한, 이목구비가 지나치게 뚜렷하고 얼굴형이 기형적으로 날카로운, 어린아이 같지 않은 낯선 존재만 있을 뿐이었다.

"이건 너 같지 않잖아. 이모는 네 원래 모습이 더 예쁘고 좋아."

꼬마는 반색했다.

"무슨 소리야 이모. 사진 속 나는 쌍꺼풀도 있고 얼굴도 엄청 조그맣잖아. 이모랑 엄마랑은 다 쌍꺼풀도 있고 눈도 큰데 나만 없어. 짜증 나. 나는 크면 꼭 쌍꺼풀 수술할 거야! 꼭."

정신이 아찔해졌다. 아무리 여자에게 성형수술의 유혹은 치명적인 것이라지만, 이제 일곱 살, 아직 학교도 안 간 미취학 아동에게서 듣는 수술 선언이라니.

가만 생각해 보니 또 그렇다. '(이)모전여전'이라고 사실을 고백하자면 내게도 그런 때가 있었다. 20대 초반 한창 사랑에 예민하던 시절이었다. 살랑살랑 봄바람이 불고, 마음은 흩날리는 벚꽃처럼 핑크빛으로 하늘거리고, 나란히 서서 걷는 것만으로도 두근거리는 심장을 주체하지 못하던 그때 나는 이런 말을 듣고 말았다.

"넌 코만 고치면 딱 괜찮을 텐데. 그럼 진짜 예쁠 거 같은데…."

나는 그 자리에 얼어붙었다. 미묘한 기류를 느꼈는지 그는 얼른 덧붙였다.

"아… 물론 칭찬이야. 칭찬!"

칭찬이 아님을 물론 알고 있었다. 나 역시 자주 듣던 말이었다.

"아이고 다 괜찮은데 코가 배렸다. 완전 복코네."

어릴 적 집에 놀러 오시는 어른들은 꼭 한 번씩 내 코에 대해 언급하며 하하하 웃었으니까. 나는 어른들 특유의 그 무신경한 잔인함에 부들부들 치를 떨었고 그때부터 수십 년을 빨래집게로 코 집기, 순가락 두 개 냉동고에 넣고 콧방울 양쪽에 갖다 대기, 수시로 경락 마사지하기 등등 각종 방법을 동원해 작고 얄팍한 코를 얻기 위해 무진장 노력했다. 불행히도 그 모든 노력들은 실패했고, 슬프게도 짝사랑하던 오빠에게서 그 말을 듣고 나는 그제야 굳은 결단을 내렸다.

지푸라기라도 잡는 심정으로 찾아간 성형외과

여름방학이 시작되자마자 압구정 4번 출구를 찾았다. 예상하던 대로 그곳은 꽤나 살벌하고 기괴한 곳이었다. 지하철 역 출구로 나서자마자 온 사방에서 나에게 한 목소리로 말하고 있었다.

"너 얼굴이 그게 뭐니? 좀 더 키워, 좀 더 찢어. 좀 더 높이고 좀 더 깎아. 좀 더!!!"

몇 군데 성형외과 상담을 돌며 들은 말들도 별반 다르지 않았다.

"코는 일단 무조건 하시는 건데, 이왕 하시는 거 눈 지방 제거랑 이마 쪽도 손보시면 좋을 거 같아요. 나중에 눈밑 주름 다 처지거든요. 좀 납작한 편이시고요."

분명 코만 만지러 간 병원이었는데 나름 만족하며 잘 살고 있던 눈도, 별다른 불만 없이 지냈던 이마도 지적받자 당혹감에 얼굴이 확 붉어졌다. 푸줏간의 고기가 된 모양새로, 핀셋으로 눈두덩이가 이리저리 추켜올려지고, 콧구멍이, 콧방울이 내 의사와 무관하게 들쑤셔지는 요상한 경험을 한 것도 한몫했다.

그렇게 반쯤은 넋이 나간 채로 나는 상담실을 나왔고 진료 대기를 기다리는 여기저기에 붕대를 감고 마스크를 낀, 푸르죽죽하게 멍이 든 얼굴을 한 사람들을 차례로 스쳐 지났다. 어딘가 모르게 쓰고 비리면서 떨떠름한 냄새가 났고, 알 수 없는 찜찜한 감정들이 도처를 부유했다.

그렇게 몸도 마음도 지쳐 버린 나는 마지막으로 예약해 둔 상담을 취소할까 말까 망설였다. 하지만 그곳은 여러 상담 스케줄 중에서 가장 기대가 큰 곳이었다. 나이가 지긋하신 의사 선생님이 직접 상담을 진행하고, 얼굴을 보자마자 대치동 1타 수능 강사처럼 군더더기 없이 고칠 필요가 있는 곳만 딱딱 집어 준다고 정평이 나 있었다.

'그래, 어차피 이렇게 된 거 끝까지 가 보자.'

나는 터덜터덜 무거운 발걸음을 병원으로 옮겼고 문제의 의사 선생님, 아니 의사 할아버지 앞에 털썩 앉았다. '어디 한번 마음대로 말해 보세요' 하는 자포자기의 심정으로 맥없이 앉아 있는데 그때 놀랍게 그 말을 듣게 된 것이다.

"복코네~ 복코. 복 들어오는 예쁜 코니까 고칠 거 없어."

당황했다. 놀란 마음에 말을 조금 더듬었던 듯도 싶다.

"네? 다들 제 코는 고쳐야 한다고들…."

내가 말끝을 얼버무리자 할아버지는 또다시 단호하게 말했다.

"누가 그래? 남자친구가? 그놈이랑은 헤어져. 예쁘기만 하네."

"아니 저기 그게….”

"됐어. 집에 가 그만. 눈도 코도 다 예쁘니까 괜히 여기저기 상담한다고 돌아다니지 말고. 정 할 거 없으면 헬스 끊어서 운동이나 해."

나는 쫓겨나다시피 병원을 나왔다. 이게 뭔가 미처 정신을 차릴 새도 없이 어느새 건물 밖에 서 있었다. 피식 웃음이 삐져 나왔다. 문전박대를 당하다시피 했는데 이상하게 기분이 좋았다. 그 단호하고 명료한 한마디 때문에.

"지금 그대로 예쁘다. 지금 모습 그대로 괜찮다. 안 고쳐도 된다. 바뀌지 않아도 된다."

누가 뭐래도 지금 그대로 충분하다

집으로 돌아가는 길에 우연히 ⟨JUST WAY YOU ARE⟩을 들었다.

매번 그녀는 나에게 물어 자기가 괜찮냐고

(Everytime she asks me do I look okay)

난 말하지 내가 당신의 얼굴을 볼 때

(I say When I see your face)

거기엔 어떤 것도 바꿀 것이 없다고 (⋯)

(There's not a thing that I would change)

그리고 당신이 웃을 때

(And when you smile)

모든 세상은 멈추고 당신에게 빠져 버려 (⋯)

(The whole world stops and stares for a while)

난 절대로 바꾸라고 말하지 않을 거야

(I'd never ask you to change)

만약 당신이 완벽한 걸 찾고 있다면

(If perfect is what you're searching for)

그럼 그냥 그대로 있어 (⋯)

(Then just stay the same)

왜냐면 당신은 환상적이거든

(Cause you're amazing)

그냥 당신 그대로

(Just the way you are)

10년도 더 지난 지금, 나는 이 가사에 100퍼센트 공감한다. 조카의 쌍꺼풀 없이 맨둥맨둥한 눈, 하트 모양의 콧구멍을 가진 작은 코, 꼭 아기 제비의 그것과 같은 도톰한 입술, 웃을 때 쏙 들어가는 두 볼의 우물, 짜증나거나 화를 낼 때 찌푸리는 미간의 움직임까지 그 모든 것을 꼭 그대로 사랑하니까. 어떤 것도 바꾸고 싶지 않고 그냥 그대로만 있어 줬으면 싶으니까, 오래 오래 지금 모습 그대로 있어 줬으면 하는 게 그에게 바라는 유일한 바람이니까.

"이모는 지금 네 모습이 정말 예뻐. 쌍꺼풀이 없어도, 얼굴이 동그래도, 뱃살이 통통해도, 키가 남자 아이들보다 한 뼘씩 더 커도, 이런 너는 하나밖에 없잖아. 꼭 이렇게 생긴 사람은 우주에 하나밖에 존재하지 않잖아. 그래서 이런 네가 없어지면 이모는 엄청 슬플 거야. 네가 사진 속에 그런 모습으로 어느 날 바뀌어 나타난다면 정말 많이 슬플 거야. 이모는 지금 요렇게 생긴, 너무 너무 귀여운 너 그 자체를 사랑하거든."

"치, 이모는 좀 이상해"라며 조카는 나의 말에 심드렁하게 대답했지만 나는 보았다. 그녀의 콧구멍이 벌렁대고 입을 삐쭉이는 것을. 그건 좋은 것을 애써 참을 때 보이는 꼬맹이의 습관적인 모습이었다.

나는 이제 더 이상 나의 동그란 코를 싫어하지 않는다. 이제야 비로소 안다. 나의 이 코는 나에게 꼭 어울리는 완벽한 모습이라는 것을. 너무 오뚝하지도 않고 버선처럼 얄팍하지도 않은 동글동글한 이 코는, 나에게 맞춤처럼 어울려서 다른 것으로 대체될 수 없다는 걸.

나는 떠올린다. 내가 싫고, 내가 밉고, 모든 것을 다 바꿔 버리고 싶을 만큼 스스로가 진저리 쳐지는 그런 날에, 그 의사 할아버지의 말을, 지나던 길에 들었던 노래 가사를, 그리고 어떤 것도 바뀌지 않았으면 싶은 귀엽고 예쁜 나의 조카의 모습을. 그리고 내게 조용히 속삭인다. '이 모습 그대로 더 이상 바뀌지 않아도 된다'고, '지금 모습 그대로 아름답다'고, '내 모습 그대로 괜찮다'고.

"괜찮아. 지금 모습 그대로."

수년간 준비하던
사법시험을 포기한 이유

◦ 용기 내기

딸이 없어 우리 자매를 유독 예뻐했던 고모는, 막 중학생이 된 연년생 숙녀들에게 색깔이 다른 옷을 두 벌 선물해 줬다. 언니와 나는 서로 핑크색을 가지겠다고 피를 튀기며 싸웠고, 문제의 옷을 들고 도망치는 언니를 나는 맹렬히 쫓았다. 방으로 뛰어 들어가 문을 닫으려는 수비수와 문 틈새로 손을 집어넣은 공격수 사이에서 실랑이는 계속됐다.

"빨리 손 빼! 문 닫는다. 진짜야!!"

겨우 문 사이로 끼어 넣은 손가락만큼의 공간만 남은 채로 팽팽한 줄다리기가 벌어지고 있는 일촉즉발의 상황. 언니는 마지막 경고 사격을 발포했고, 모든 훌륭한 적장의 장군이 그러하듯 나는 죽으면 죽으리라 하는 오기로 닫히려는 문을 꼭 붙들고 안간힘을 썼다.

"아아악!!"

곧 엄청난 고통이 밀려들었다. 그리고 이내 나는 바닥을 나뒹군 채 소리소리 지르며 울어 댔다.

몇 시간 후, 손가락 깁스를 한 채 훌쩍이며 병원 밖을 나서는 나를 엄마는 어이없게도 언니보다 더 많이 혼냈다.

"문이 닫히려고 하면 놓아야지. 그걸 미련하게 붙잡고 있어? 다치기 전에 놔야지. 어쩔 뻔했어. 진짜!"

억울했다. 서러웠다. 무엇보다 이해할 수가 없었다. 분명 내가 피해자인데… 내가 동생인데… 나는 언니 때문에 깁스까지 하고 아파 죽겠는데… 도대체 내가 뭘 잘못했냐고! 애써 참아왔던 눈물이 서러움에 방울방울 쏟아졌다.

"언니 때문에 다친 건데 왜 나한테 뭐라 그래? 나는 엄마 딸 아니야? 나 아프다고!"

이후로 나는 엄마의 말을 이해하기까지 꽤 많이 부딪혀 아파야 했고, 또 꽤 많은 시간을 힘들여 지나야 했다.

노력해도 안 되는 일 앞에서

"이렇게 고생하지 말고 이렇게 아프지 말고 진작 놓을 걸, 그치?"

친구가 내뱉은 자조적인 말에 우리는 모두 웃었다. 우리 셋은 아주 미련하게 오래도록 하나의 문을 잡고 절대로 놓지 않으려 안간힘을 썼고, 그런 까닭에 크게 많이도 다쳤다.

A는 틈만 나면 가스라이팅을 일삼으며 스스로를 작아지게 만드는 남자친구와의 10년 연애를 붙들고 있느라 심장이 절반쯤은 새까맣게 타 버렸다. 마음고생으로 볼이 홀쭉해졌다. B와 나는 사법시험을 오래도록 준비하던 고시생이었다. 각종 위장병과 불안 증세를 얻은 나는 자의 반 타의 반으로 사법시험을 포기했고, 나보다 성실하고 공부도 잘했던 B는 끝까지 최선을 다하고 있느라 온몸이 망가진 상태였다. 여러 차례 신호를 보내던 그녀의 몸은 더 이상 압박을 이기지 못하고 쓰러져 버렸다. 결국, B는 중환자실에서 며칠간 생사를 오간 후에야 비로소 붙잡고 있던 밧줄을 내려놓았다.

우리는 모두 필사적으로 닫힌 문의 문고리를 붙잡고 매달렸으나 끝내 문은 열리지 않았다. 그렇게 문에 찧이고 만 세 여자는 한동안 많이 앓아야 했다.

'포기하지 마. 죽을 각오로 원하는 바를 좇아. 노력해서 안 되는 일이 어디 있어? 고작 여기서 포기하려고? 더 해야지. 조금만 더 힘을 내 봐.'

모든 것을 내려놓고 싶은 순간마다 우리를 가장 힘들게 만든 것은 이런 류의 이야기들이었다. 다치고 긁히고 무너져 가는 순간에도 제 몸을 던지며 끝까지 밧줄을 붙잡고 있었던 이유는 바로 이런 정당한 말들 때문이었다. 그 말들은 자신의 떳떳함과는 반비례하게 다른 이들을 떳떳치 못하게 했다. 그래서 우리는 그 당위의 무게에 눌려 '포기'를 포기했다.

포기는 매달림보다 어렵다. 때때로 놓음은 붙잡음보다 더 힘이 든다. 어떤 경우에 백기 투항은 무작정 적진으로 돌격하는 것보다 더 큰 용기를 필요로 한다. 그것은 어느 기도문에서 말한 것처럼 내가 할 수 있는 일에 최선을 다하되, 내가 할 수 없는 것에는 고집부리지 않으며 무엇보다 그 둘을 구별할 수 있는 지혜가 요구되기 때문이다. 그런 자격을 갖춘 자라야 비로소 할 수 있는 고귀한 것이 바로 '포기'이기 때문이다.

어린 나날에 우리는 치기 어렸고 무모했으며 꼭 그만큼 뜨겁고 열렬했다. 그것은 모든 청춘이 그러하듯 많은 순간 아름다웠으나 또 많은 순간 존재를 다치게 했고 상처 입게 했다. 세월은 그렇게 우리를 할 수 있다, 포기는 없다, 못 먹어도 '고!'를 외치는 어린 때의 혈기를 누그러뜨리고 포기와 놓음 그리고 할 수 없음의 가치를 아는 존재로 바꿔 놓았다.

우리는 깨달았다. 때때로 포기는 열정보다 더 뜨거울 수 있으며 끝은 시작보다 더 크고 위대한 용기일 수 있음을. 그리고 한 가지 더. 하나의 문이 닫히면, 하나의 문을 안간힘을 다해 놓으면, 또 다른 문이 기다렸다는 듯 열린다는 것도.

더 늦기 전에, 더 후회하기 전에

고시를 포기한 B는 지금 아이들을 가르친다. 잔소리가 꽤 심한 선생님이긴 하나 자신들에게 애정을 갖고 있는 것이 너무나도 분명해 보이는 그녀를 학생들은 꽤 좋아하고 잘 따른다.

나는 글을 쓰겠다고 잘 돌아가지 않는 머리를 열심히 가동하고, 여러 책과 드라마, 영화들을 보느라 눈이 늘 시뻘겋다. 고시 공부를 할 때보다 눈이 더 나빠져 안경의 시력을 조정해야 했고, 아이디어를 짜내느라 두통도 이전보다 더 심해졌다.

그러나 지금 나는 예전처럼 울며 겨자 먹기로 책을 읽지 않는다. 딱

딱하고 어려운 고시 교재와 법전과 씨름하며 밤을 새던 그때와 달리, 흥미로운 소설과 에세이, 멈출 수 없는 드라마를 정주행하느라 날밤을 샌다. 생각나지 않는 판례 때문에 머리를 싸매며 말도 안 되는 내용들로 꾸역꾸역 답안지를 채워 가던 그때와 달리, 다소간 머리를 쥐어뜯긴 하나 온갖 스토리와 캐릭터들을 구상하며 빈 문서를 채우고 가끔씩, 아주 가끔씩 '이게 정말 내가 쓴 거란 말이야?' 하는 희열과 더할 나위 없는 기쁨도 맛본다.

10년간 푸대접을 받으며 연애한 A는 비참하게 이별당했지만, 그녀는 로또남을 만나 연애 8개월 만에 결혼에 골인했다.

"진작 놓을 걸. 이렇게 좋은 걸."

A는 후회했다. 적절한 순간에 포기하지 않은 것과 끝까지 포기하지 못한 것을. 그녀는 말하고 있었다. 포기해도 된다고, 그만둬도 된다고. 물론 이는 '아무렇게나 살아라', '노력하지 마라', '되는 대로 해라'라는 뜻이 아니다. 스스로를 다치게 하는 '계속', '끈기', 'Go!'를 그만두라는 뜻이다. 패기 넘치게 괜히 'Go!'를 외쳤다가 나중에 후회하지 말고, 그전에 'Stop!'을 외치라는 뜻이다.

선천적으로 미련한 나는 종종 쓸데없는 끈기와 기지를 발휘한다. 친구들은 그런 내게 '문을 놓아. 그러다 또 많이 아플라' 눈빛을 보낸

다. 나는 그들의 눈 속에서 근심과 걱정과 또 얼마간의 분노와 그 너머의 사랑을 느낀다.

"왜 놓지 않고 그러고 있어! 포기해도 괜찮아. 그만둬도 괜찮아. 놓아도 괜찮아. 이만하면 충분히 노력했어. 스스로를 다치게 하지 마."

그들은 나의 '포기'를 응원하고, 나의 '놓음'을 응원했다. 나는 나를 사랑하는 사람들을 위해서, 그리고 무엇보다 나를 더 사랑하기 위해서 나를 갉아먹는 일들을 향해 용기를 내 '끝'을 선택하기로 했다. 그게 무엇이든.

새날을 기대하며
긴 생머리를 자르다

쉬운 일은 아니었다. 놓음과 포기는 기존의 것들과의 결별이었고, 그래서 두려운 것이었으며 막막하고 떨리는 무엇이었다. 새로운 삶을 위해 먼저 새 행동을 하기로 했다.

내 친구 A는 갑자기 머리를 잘랐다. 긴 생머리는 A의 트레이드마크였다. 그녀가 길고 긴 머리를 우아하게 끌어올릴 때마다 사람들이 감탄하곤 했으니까. 자신도 짧은 머리가 어색한지 연신 머리를 만지작거리며 말했다.

"이상하지? 나도 아직 좀 그래. 근데 되게 가볍더라. 어쩐지 기분도 후련해. 뭔가 새로 시작하는 기분도 들고."

어안이 벙벙해져 있던 나와 친구 B는 잘 잘랐다고, 예쁘다고 앞 다투어 칭찬을 쏟아 냈다. A가 무슨 심정으로 머리카락을 잘랐는지 알 것 같았다. A는 자신의 머리카락만큼이나 긴 10년간의 연애를 지속하고 있었다. 그 만남이 막다른 골목으로 치닫고 있었고, 우리는 이를 조마조마한 마음으로 지켜보고 있었다.

A는 자신의 길고 검은 머리카락을 자름으로써 마음을 정리하며 이별을 준비하고자 했다. 머릿결이 상할까 염색과 펌은 되도록 하지 않고 좋은 샴푸를 쓰며 애지중지 관리했던 머리카락이었는데, 우리는 그저 그녀가 이별을 잘 받아들일 수 있길 바랐다.

중환자실에서 생사를 헤매다 나온 B는, 고시촌으로 곧장 돌아가지 않고 시골로 떠났다. 산골의 어느 작은 방에서 B는 다음 행보를 위한 환승을 준비했다. 그곳에서의 그녀의 시간을 나는 잘 알지 못한다. 다만, 한참 시간이 흐른 후에 B는 서울로 올라와 내게 말했다.

"거긴 내게 경유지였어. 다른 곳으로 가기 위해 잠깐, 숨도 고르고 마음도 다잡기 위한 경유지."

도시의 소음과 매연, 눈코 뜰 새 없는 바쁜 일상에서 한걸음 떨어져 매일 좋은 공기를 마시고, 조용한 침묵 속에 머무른 친구는 상해 있던 자신의 몸과 마음을 회복해 나갔다. 그리고 자신에게 물었다.

"이제 어디로 가고 싶어? 그동안 억지로 힘겹게 달려왔으니까 이제는 진짜 가고 싶은 곳을 가자."

마음이 복잡할 때는 일단 움직여 보자

A는 머리카락을 싹둑 잘라 기존의 관계를 담담히 정리했고, B는 시골로 훌쩍 떠나 또 다른 삶의 방향으로 진로를 전향했다. 실제로 마음 아픈 사람이 신경정신과 병원을 찾아 진료를 받으면, 많은 경우 의사들이 뜻밖의 과제를 부여한다고 한다.

"마음은 일단 그대로 두고 몸을 움직이세요. 마음이 힘들 때 마음을 붙잡고 늘어지지 말고 몸을 붙잡고 늘어집시다. 우울함이 찾아오면 일단 밖으로 나가세요. 규칙적으로 운동을 하고 햇볕을 쬐세요."

세상의 모든 길은 대개 구부러져 있다. 내가 서 있는 지점과 목적지를 단번에 가르는 일직선의 길은 삶에서 그리 자주 발견되지 않는다. (발견된다 해도 대개 비싼 값을 치러야 한다.) 여행도 마찬가지다. 네팔을 가기 위해 싱가포르를 경유해야 하고, 크로아티아를 가기 위해 두바이에서의 지루한 환승 대기 시간을 거쳐야 한다.

마음을 치유하기 위해 몸을 먼저 돌봐야 하고, 상대에게 마음을 전하고 싶을 때는 말보다 작은 선물이 훨씬 더 효과적이다. 그리고 이런 우회로는 일직선으로 난 지름길보다 때때로 더 많은 것을 우리에게 주기도 한다.

이를테면 인생의 다음 스텝으로 향할 용기 같은 것. 한숨 돌려 몸과 마음을 돌볼 쉼표 같은 시간. 전쟁 속 임시휴전 같은 평화의 순간. 더 큰 변화를 위한 작은 변화. 더 멀리 가기 위한 사이사이의 작은 계단. 이것들을 심리학에서는 '의례'라고 부른다.

중요한 경기를 앞두고 선수들은 속옷 색깔, 경기 전 듣는 음악, 아침 식사 메뉴, 감독과 나누는 구호, 말들을 정해 두고 모두 실천하며 승리를 향한 작은 계단들을 오른다. 코치, 감독, 선수는 이 작은 계단들을 하나하나 섬세하게 계획하고 준비한다. '잘할 수 있어' 소리만 큰 허망한 외침보다 이 단계들을 차근차근 밟아 가며 승리를 향한 실제적인 발을 내딛는다.

수없이 마음먹어도 잘 되지 않았지만, A가 머리를 자르고 난 뒤에야 비로소 남자친구에게 헤어짐을 고할 수 있었고 B가 고시촌에서 짐을 빼고 산으로 이사한 후에야 비로소 새로운 진로를 찾게 된 것처럼 말이다.

이부자리를 정리하는 것만으로도 달라지는 하루

아침에 하는 새 '의례'가 생겼다. 바로 이부자리를 정리하는 것.

어느 책에서 성공한 사람들이 공통적으로 하는 습관들을 꼽았는데 운동, 독서, 새벽 기상, 명상과 같은 뻔하고 어려워 보이는 일 말고 아침에 일어나 이부자리를 정리한다는 간단한 항목을 봤다. 그때부터 호기심 반 기대 반으로 실천해 보기로 했다. 나는 마음속으로 '이거 한다고 뭐가 달라지겠어. 며칠 해 보고 아니다 싶음 하지 말자' 하고 가볍게 생각했다.

아침에 알람이 울리자 눈을 번쩍 뜨고 침대 밖으로 나왔다(여기까지는 보통의 일상과 다를 것이 없었다). 그리고 화장실에 가기 전에 이불을 반 듯하게 펴 침대 위에 예쁘게 올려놓았다. 그게 끝이었다. 처음 며칠은 '이게 뭐지? 정말 효과가 있나?' 반신반의했다.

그런데 하루 이틀 사흘… 한 달이 지나가자 그 밋밋하고 심심했던 아침 의식은 효력을 발휘했다. 우선 이불을 정리해 두면 다시 그 안으로 들어가지 않게 됐다. 아침에 일어난 후에 다시 침대 안으로 들어갈 때가 많았는데, 곱게 정리된 이불을 보니 그럴 수가 없었다. 또 더 이상 엄마의 잔소리로 아침을 시작하지 않을 수도 있었고.

가장 큰 성과는 성취감을 느꼈다는 것이다. 뭔가 그럴듯한 창작물을 만들거나, 공복 유산소를 두 시간 정도는 해야 느낄 수 있는 그런 성취감이었다. 단 1분의 이부자리 정리만으로 성취감을 맛보았다면 믿을 수 있을까?

뿐만 아니다. 각 잡힌 채 정리된 침대보를 보고 있노라면, 마음 가득히 밀려오는 흐뭇함과 함께 어쩐지 오늘 하루도 저 침대보처럼 쫙쫙 기분 좋게 풀릴 것만 같은 기대가 가슴속에서 마구 꿈틀거렸다.

때로는 정석이 아니라 변칙이 유용할 때가 있다. 때로는 정박보다 엇박이 멋스럽게 느껴질 때가 있다. 실타래 한쪽 끝을 잡고 씨름하다 풀리지 않으면 그것을 놓고 반대쪽 한편을 잡아 다시 풀어 나가는 것이 빠를 때가 있다.

또 보이지도 않고 잡히지도 않으면서 미치도록 복잡 미묘하고 알쏭달쏭한, 하루에도 열두 번씩 그 얼굴을 바꿔 버리는 마음이라는 것 대신에 우리는 몸을 통해, 어떤 가시적인 행위를 통해 스스로에게 명료한 의사 전달, 분명한 결재 서류를 보낼 수 있다. 이별의 결심이든, 진로의 전환이든, 혹은 하루를 잘 살아 보겠다는 작은 다짐이든.

작은 행위는 한 존재를, 죽음의 한 가운데에서 삶으로 기적적인 방향 전환을 시켜 주기도 한다. 《죽음의 수용소에서》의 저자로 유명한 빅터 프랭클 박사는 아우슈비츠 강제수용소에서 매일 아침 남몰래 면도를 했다. 죽음을 눈앞에 둔 사람이 일상적으로 하는 일이 아니었다. 면도기도 거울도 있을 리 만무했다. 깨진 그릇의 사금파리를 들고 번쩍이는 식판에 겨우 얼굴을 비춰 보면서 그는 세심한 손짓으로 수염을 밀었다. 죽음이 시시각각 문을 두드릴 때마다 그는 사신에게 말했다.

'난 아직 아니야. 지금 면도하는 거 안 보여?'

그렇게 작은 어떤 행위는 눈앞에 닥친 죽음조차도 물러가게 한다. 1분의 이부자리 정리가 하루 온종일 나의 하루를 다림질해 준 것처럼 말이다. 삶의 걱정과 근심, 고단함을 어느 때는 시시콜콜한 예능 프로그램 하나가 단번에 잊게 해 주는 것과 같이. 뜻밖의 순간에 마주한 어떤 사건이 새롭게 결심할 수 있도록 안내해 주는 것과 같이.

하고 싶은 말은
속이 아닌 밖에 담다

○ **주장하기**

즐겨 보는 티브이 예능 프로그램 중에 〈너의 목소리가 보여〉라는 쇼가 있다. 출연자가 나와 감미로운 음색으로 노래를 부르면, 패널들이 진짜 여부를 판명한다. 출연자는 대개 프로 가수와 비견할 정도의 실력파이거나 음정 하나 제대로 내지 못하는 음치이거나 둘 중에 하나다.

이 프로그램의 하이라이트는 패널들의 선택이 끝나고 출연자의 진짜 목소리가 공개되는 순간이다. 간주 후 노래가 시작될 때 패널과 방청석에서 동시에 환호와 비명을 내지른다. 이상한 점은, 분명 같은 사람인데 그의 진짜 목소리를 듣는 순간 더없이 멋져 보이거나 반대로 단번에 기대감이 사라진다는 것이다. 목소리가 이토록 중요하다. 한 사람에 대한 호감도를 좌지우지할 만큼 말이다.

배우 한석규를 무척 좋아한다. 그 포근한 미소와 지적인 이미지, 흠 잡을 데 없는 연기력, 점잖고 차분한 성격도 물론이지만 그를 좋아하는 이유 가운데 가장 큰 것은 단연코 그의 목소리다.

중저음의 어쩐지 커피 향이 나는 것 같은 그의 목소리는 '지랄하고 자빠졌네' 같은 찰진 육두문자를 날릴 때조차 고급스러운 말을 하는 것만 같은 착각을 불러일으킨다.

"그녀의 자전거가 내 가슴속으로 들어왔다."

"또 다른 세상을 만날 땐 잠시 꺼 두셔도 좋습니다."

"이 세상 가장 향기로운 커피는 당신과 마시는 커피입니다."

10년, 20년이 지난 지금까지 그가 읊었던 광고의 카피들이 잊히지 않고 대중들의 가슴속에 깊이 박혀 있는 것도 그 이유다.

한 개인에 대한 인상을 결정하는 것을 넘어서 목소리는 지문이나 홍채처럼 어떤 존재 자체의 개별성을 결정짓는 데 중요한 지표로 사용된다. 이렇듯 목소리는 특정인의 정체성을 드러내는 주요한 도구인 동시에 개인의 의사를 표현하고 주장할 때도 중요한 통로가 되는 것이다.

두려움 앞에 침묵하지 않는 쟈스민 공주처럼

2019년 여름에 개봉한 영화 〈알라딘〉은 국내 관객 수 1,270여만 명을 끌어 모으며 흥행했다. 제작사는 기존 애니메이션의 내용을 충실히 반영하되 새로운 곡 〈Speechless〉를 추가 삽입했다.

〈Speechless〉는 쟈스민 공주가 자신을 억누르는 세력들을 향해 소리 높여 부르는 노래로, 영화 주제곡 〈A Whole New World〉를 훌쩍 뛰어넘는 인기를 자랑했다. 특히 내로라하는 유명 가수들이 커버 열풍을 일으키며 영화 흥행에 혁혁한 공로를 세웠다.

〈Speechless〉가 사랑받은 여러 이유가 있겠지만, 무엇보다 이 곡의 메시지가 담긴 가사 말 그리고 그것을 혼신의 힘으로 부르며 부르짖었던 쟈스민의 연기가 주요인이 아닐까 나는 짐작한다.

날 쓸어 버릴 파도가 오고 있어. 아래로 끌어내리는 물결도
나를 삼키는 모래바람은 내가 아무 말도 할 수 없게 만들지

나의 목소리는 천둥 속으로 잠겨 버렸어 (…)

변하지 않는 제약과 모든 말들

아주 오래된 결코 굽히지 않는 것들

얌전히 너의 자리를 지켜라

보고도 못 들은 척 목소리를 내지 마라

하지만 이제 그 이야기는 끝일 거야 (…)

난 울지 않을 거야. 그리고 움츠러들지도 않을 거야

그들이 입을 막고 쓰러뜨리려 할 때마다

난 침묵하지 않을 거야. 절대 잠자코 있지 않을 거야

두려움에 떨지 않을 거야

내가 확신하는 건 난 결코 침묵하지 않을 거라는 거야

한 나라의 공주였지만 개인의 의사가 존중되지 않는 삶을 살았던 쟈스민. 철저히 침묵할 것을 요구받고 철저히 순종하며 자신의 의견 따위 내세우지 말 것을 강요당하던 한 여자가, 모든 틀과 제약을 깨고 자신의 목소리를 쩌렁쩌렁 내며 〈Speechless〉를 부르는 모습은 보는 이들로 하여금 전율이 느껴지게 했으니까.

나는 그즈음에 오래된 나의 버릇을 하나 자각했다. 그것은 걸핏하면 삼키는 버릇이었다. 대상이 달콤한 케이크 조각이라거나 육즙 팡팡 터지는 채끝 스테이크라거나 하다못해 기분 좋게 들이켜는 맥주

한잔이라고 하면 그래도 이해가 되겠는데, 내가 꾹꾹 집어 삼키는 것은 나의 목소리였다.

지인들이 인사치레로 던지는 외모 품평과 서로의 업무 스케줄을 조절할 때 생기는 마찰에서 나는 목소리를 삼켰다. 진짜로 하고 싶은 말을, 어쩌면 꼭 해야 하는 말을 꾹꾹 눌러 삼켰다. '네. 알겠습니다'라는 말만 도돌이표처럼 반복했다.

괜히 피곤해지고 싶지 않아서 그럴싸한 말을 갖다 댔지만, 실상은 두려워서였다. 괜한 말을 해서 분위기 흐릴까 봐, 다른 이들로부터 미움을 받을까 봐, 사랑받지 못할까 봐 그랬다.

'내가 참으면 다들 편하니까 그냥 참자.'

'별일 아니니까 아무렇지 않은 척 그냥 넘기자.'

스스로에게 최면을 걸며 귀머거리에 봉사에 벙어리처럼 삼키고 또 삼켰다. 그래서 〈Speechless〉를 들을 때 어딘가 막혀 있던 무엇이 뚫린 것처럼 시원했고, 이유를 알 수 없는 짜릿한 쾌감마저 들었다.

사랑받는 것보다 더 중요한 것

생각했다. 누군가의 기분을 거스르지 않기 위해 나는 나 자신의 기분을 얼마나 많이 거슬렀으며, 지금 앉아 있는 이 자리의 분위기를 흐리지 않기 위해 나는 나의 마음 상태를 얼마나 많이 흐려 왔으며, 프로 불편러가 되지 않기 위해 나는 얼마나 끙끙 불편함을 감수하며 홀로 앓았는가. 왕자의 사랑을 받겠다고, 자신의 예쁜 목소리를 팔아버린 인어공주처럼 나는 얼마나 많은 순간, 남들의 시선에 내 목소리를 잃어야 했는가.

그래, 목소리는 중요하다. 스스로를 드러내고 표현하고, 긍정하는 꼭 그만큼. 그 목소리가 다른 이들에게 다소 불편함을 줄 수 있을지 몰라도. 그 음성이 타인으로 인해, 어떤 경각심과 당혹감을 안겨줄 수 있을지 몰라도. 그 목소리가 아무리 다수와는 동떨어져 있고, 일반적인 기준과 잣대로 보아서는 아름다운 그것으로 평가되지 않을지 몰라도.

미스터리 음악쇼 〈복면가왕〉 117회에 웬 생뚱맞은 목소리의 한 참가자가 등장한다. 이 예능 프로그램은 대개 상당한 실력자인 가수들이 자신의 정체를 가면으로 숨기고, 노래 경연을 벌이는 포맷인데 갑자기 웬 염소 목소리의, 누가 봐도 음치인 게 분명한 참가자가 열심히, 아주 열심히 노래를 부르고 있었다. 애써 표정을 감췄지만, 패널들과 방청객들 모두 당황스러운 티가 역력했다.

그러거나 말거나, 복면을 쓴 가수는 열창했다. 이내 간주가 흐르고 복면을 벗고 가수가 정체를 공개하는 그 순간, 해맑은 웃음을 띠며 수줍게 웃던 그녀를, 이어서 노래를 성심성의껏 부른 염소 목소리의 그녀를, 나는 사랑하게 되어 버렸다.

"안녕하세요. 서민정입니다. 반갑습니다. 빙수야아. 팥빙수야~ 사랑해애~ 사랑해. 빙수야. 팥빙수야. 녹지 마. 녹지 마아~"

그녀의 목소리는 참 예뻤다. 가느다랗게 계속해 떨리고 있었지만. 그녀가 열심히도 자신의 노래를 불렀기 때문이다. 그리고 그 순간, 나는 다짐했다. '이제 나도 자신 있게 내 목소리로 말하겠어!'라고.

나는 나에게만
예스맨이다

○ 선 긋기

목소리 찾기의 첫 시작은, '선 긋기'였다. 학창 시절 학교 책상 위로 쭉 그은 선처럼.

"이 선 넘어오지 마. 넘어오면 딱밤 한 대씩이다."

초등학교에 입학한 첫 해였다. 당시만 해도 1인용 책상이 들어오기 전이어서 짝꿍과 기다란 책상 하나를 같이 사용했다. 그래서 자주 실랑이가 일어나곤 했는데, 언제나 전쟁의 결말은 책상 한가운데에 기다란 선을 긋는 것으로 마무리되었다. 내 짝꿍은 꽤나 덩치가 크고 심술궂은 남자아이였다. 힘도 세고, 행동도 거침없었다. 그는 늘 내게 윽박지르듯 경고했다. 무섭고 두려웠다. 눈물도 찔끔 났다.

살얼음판을 걷는 학교생활은 그렇게 시작되었다. 매일을 조심 또 조심했다. 행여나 선을 넘을까, 행여나 책잡히는 짓을 할까, 미운 짓을 해서 한 대 쥐어 터지지는 않을까 늘 전전긍긍했다. 가뜩이나 작은 체구를 옹송그리고, 쭈뼛거리며 눈치를 보고, 미움을 사지 않으려 고분고분하게 행동했다.

많은 노력에도 불구하고 팔꿈치가 선 밖으로 살짝 튀어 나가는 순간, 책 끝 모서리가 선에 닿는 순간, 지우개 가루가 바람에 훅 하고 날아가는 순간은 자꾸 찾아와, 나는 매일 꿀밤을 맞았고 물건들을 하나둘 빼앗겼다. (정말로 이상한 건 그 다음이었는데 녀석은 어느 순간 내 구역을 성큼성큼 넘어오기 시작했다. 아무 거리낌도, 어떤 망설임도 없이.)

서로의 선을 지켜 줄 의무

대한민국 형법 319조에는 주거침입죄라는 죄목이 있다. 타인이 거주하는 장소를 함부로 침해하여 그곳에 머물던 사람의 평화와 안온을 깨뜨리는 것을 벌하는 규정이다. 그리고 판례는 주거침입죄가 보호 대상이 거주인의 '주거 권리'가 아니라, 주거자의 '평온'임을 분명히 명시했다. 즉, 주거침입죄는 권리의 문제뿐만 아니라 마음의 영역까지도 보호하는 것이라고 단호하게 못 박은 것이다. (법원에 따르면 일시적으로 점유할 권리 없는 자의 점유, 예를 들어 이번 달 월세를 밀린 자취생이더라도 이미 살고 있는 자의 주거 평온은 마땅히 보호되어야 한다고 한다.)

이렇듯, 주거침입죄는 선을 넘는 자를 처벌하는 죄목이다. 여기는 나의 구역이어야 하고, 나의 안전과 평화를 지키기 위해 그어 놓은 경계가 있다면 함부로 넘지 말아야 한다고 경고하는 조항이다. 또한 이 평화를 깨뜨린다면, 혹여 침해하는 사람에게 어떤 이유가 있다 하더라도, 그가 등기부상 집주인이라 하더라도, 일단은 엄하게 처벌하겠다고 선언하는 조항(형법 319조는 주거침입죄에 3년 이하의 징역 또는 500만 원 이하의 벌금을 부가한다)이다.

사적 영역에서의 평화, 내 구역 만큼에서의 평온은 힘들고 지친 현대사회에서 매우 중요한 가치를 지닌다. 이를 위반할 경우 엄중하게 처벌받는다. 우리는 누구에게도 침해받지 않고, 간섭받지 않고 스스로의 공간에서 행복하게 당당하게 살아갈 자유가 있기 때문이다. 이처럼 '선 안에서의 자유'가 법적으로 보장되어 있다.

그런데 이렇게 법까지 나서서 보호해 주고 있는 선을 어떤 이들은 참 쉽게 넘어 다닌다. 특유의 당당하고 거침없는 방식으로, 마치 자신에게 그럴 권리라도 있다는 듯이. 나의 첫 짝꿍이 그랬던 것처럼. 우리 주변에 가까운 누군가가 늘 그렇듯이.

"다 너 걱정해서 하는 말이지."

"사랑하니까 하는 말이지. 그러니까 이런 말도 하는 거야."

"뼈가 되고 살이 되는 말이라고 생각하고 들어."

문제는 나를 위한다는 그 진실해 보이는 표정으로 성큼 마음의 선을 넘어 들어오면, 쉽사리 꿀밤을 때릴 수도, 경찰서에 신고할 수도, 단호히 형법 319조 주거침입죄를 들먹일 수가 없다는 것이다.

최근 인터넷 포털 사이트에 낯선 단어들이 보이기 시작했다. '데이트 폭력', '후려치기', '가스라이팅' 등등 비슷한 맥락의 단어들이다.

가스라이팅은 연인이나 가족, 친구와 같은 주로 가까운 사이에서 상대의 심리를 조정해 관계의 지배력을 강화하는 행동을 말한다. 예를 들면, 사랑이라는 이름으로 상대를 짓누르는 것이다. '너는 아직 부족하니까', '너는 아직 뭘 몰라서', '넌 유약하니까' 등등 여러 명목으로 상대의 팔과 다리를 묶어 버린다. 그리고는 서서히 상대의 영역을 침범하고, 그들의 권리를 하나둘씩 빼앗는다. 삶을 컨트롤해 버리는 것이다.

지인 중에 별명이 천사인 언니가 있다. 늘 자신보다 주변인들을 먼저 배려하는 사람이었다. 언니는 가족들의 대소사를 자신의 것처럼 챙겼다. 문제는 그 자발적인 선행, 배려가 어느 순간부터 전당포에 맡겨 놓은 물건을 찾는 것과 같이 당연하게 요구되었다는 거였다.

가정 형편상 어릴 적부터 집안의 생계를 일정 정도 책임져야 했던 언니는 여러 아르바이트에 과외 알바까지 하면서 생활비를 보탰다. 직장인이 된 후로는 어머니가 월급 통장을 가로채 직접 돈 관리에 나섰는데, 세상 물정을 모르는 자식을 위한다는 게 그 명목이었다.

언니는 의심 없이 자신이 벌어 온 돈을 어머니에게 맡겼고, 후에 알고 보니 그 돈은 모조리 남동생의 주식 계좌로 흘러가고 있었다. 투자 성적은 처참했고, 실패를 만회하려고 한 투자가 더 큰 실패로 이어지고 있는 상황이었다. 결혼을 계획하고 있던 언니에게 어머니는 미안하다는 말 한마디 없이 지금은 상황이 좋지 않으니 결혼을 좀 미루라고 했다. 그제야 언니는 가족들과 자신 사이에 분단선을 쭉 그어 버렸다.

미국의 입국심사가 까다로운 이유

미국의 입국심사는 까다롭기로 악명이 자자하다. 지인의 경험담을 공유하자면, 입국심사대에서 공항 구석 골방으로 끌려가서 누구를 만나는지, 왜 혼자서 여행하는지, 어디서 머무는지 온갖 질문에 취조를 당하는 것으로 모자라 짐을 풀어서 속옷을 헤집는 것은 물론 여성 용품을 뒤집어 까서 열어 보기까지 했다고 했다.

머물 곳에 전화해 예약 여부를 확인하고, 최근 통화 내역을 훑어 무작위로 전화를 걸고, 한국어가 가능한 직원을 불러 개인 메신저와 문자 내용을 체크한 후에야 겨우 지인을 풀어 줬는데, 그때 입국 심사관은 이렇게 말했다고 했다.

"우리는 훌륭한 국가이기 때문에 아무나 받지 않아. 철저히 검증하고 단호하게 거절해. 그것이 내 나라를 지키는 길이고 우리를 보호하는 길이니까. 다소 심하다고 생각할지 몰라도 그래서 손가락질을 받을지 몰라도, 그게 맞는 거야. 소중한 것들을 지키기 위해서 선을 긋는 거 말이야."

단호한 'NO'는 나에 대한 'YES'다

"이력서 좀 한 번 봐 줄 수 있을까? 조금만 고쳐 주면 돼."

"나 오늘 월차야. 너 프리랜서니까 시간 자유롭지? 우리 만나자!"

"제가 지금 바쁜데, 이것 좀 대신 처리해 줄 수 있을까요? 정말 간단한 일이에요."

나는 위와 같은 제안에 모두 'Yes'라고 말해 왔다. 솔직히 말해 나는 거절에 매우 약한 타입이라 거절당하는 것은 물론이거니와 거절하는 것도 싫어하는 편이다. 거절을 스스로 거절한다고나 할까.

'NO'라고 하는 그 순간의 어색함과 불편함과 긴장감이 싫어서 예스라고 외치는 게 바로 나다. 그래서 난 대개 모든 경우의 요구에 예스로 회답했고, 때문에 뒤에서는 남몰래 끙끙 앓으며 정작 나 자신이 요청하는 무언가에는 언제나 '안 돼. 잠깐만 이것부터 해 주고'라고 답했다.

다른 이의 글을 첨삭해 주다가 내가 써야 할 글의 마감에 쫓겨 부랴부랴 해결할 때, 갑자기 빈 시간의 대타가 되어 주려다 봐야 할 책을 읽지 못할 때, 간단한 업무라고 해 떠안았는데 전혀 간단치 않아 울며 겨자 먹기로 밤을 새워 일을 할 때, 나는 나 자신을 거절했고 또 얼마간 망가뜨렸다.

타인에게 안 된다고 말하지 못해 언제나 예스맨으로 살다 보니, 결국 가장 소중한 나란 존재를 망치고 말았다. 사람 좋은 아버지가, 친구 좋아하고 술 좋아하는 가장이, 거절하지 못해 지인의 보증을 선 남편이 정작 자신의 가장 소중한 가정, 가족, 사랑하는 아내를 지켜 내지 못한 것처럼. 결국 그들에게 가장 나쁜 사람이 되고 마는 것처럼.

'NO'라고 말하는 연습을 시작했다. 점심 메뉴를 정하는 것부터 개인적인 지인의 부탁을 거절하는 것까지. 심지어 조카를 잠깐만 봐 달라는 언니의 부탁까지도. 선을 긋고 '안 돼'라고 말하는 것, 다른 사람에게 단호히 외치는 'NO' 그것이야말로 나에게 외치는 'YES'이기 때문이다. 그렇게 나는 나에게 예스맨이 되기로 했다.

삼남매의 둘째로
살다 보면 생기는 병을 딛고

○ 자아성찰

병이 또 도졌다. 나에게는 오래 앓아 온 깊은 병이 하나 있다. 위로는 언니, 아래로는 남동생이 있는 나에게는 숙명과도 같은 병이다.

"언니는 너만 할 때 세수랑 양치도 혼자서 잘했는데 너는 왜 이렇게 유난이니?"

"동생을 봐. 참을성 있게 기다리잖니. 누나가 부끄럽지도 않아?"

이런 식의 이야기들을 좌로 우로 듣고 자라면 없던 병도 생기기 마련이다. 그 병은 바로 '비교병'이다.

공모전에서 또 떨어졌다. 공교롭게도 같은 날, 함께 보조 작가로 일하던 동료의 미니시리즈 드라마 입봉 소식을 들었다. 잠잠하던 마음이 다시 요동치기 시작했다. 수십 년 동안 반복 재생되던 레퍼토리가 또다시 반복되는 순간이었다.

'왜 나만 이 모양이지. 다들 힘차게 앞으로 달려 나가는데 왜 나만 늘 제자리야. 아니, 왜 뒷걸음질이야!'

그리고 나서 나는 늘 그렇듯 알고 있는 모든 이를 나란히 세워 도토리 키 재기를 시작했다.

고시를 준비하던 시절에 함께 스터디한 누구는 변호사가 됐고, 다른 누구는 검사가 됐다. 늘 함께 웃고 떠들던 고등학교 친구는 멋진 남편을 만나 토끼 같은 딸을 낳고 참 예쁘게도 가정을 꾸렸다. 보조 작가 생활을 함께하던 누구는 미니시리즈로 입봉을 하고, 일주일에 한 번씩 만나 서로의 취향을 나누던 동호회에서 만난 동생은 유럽으로 한 달간 신혼여행을 떠났다.

나보다 키도 크고 몸매도 훌륭한 지은이, 나보다 스타일이 좋고 세련된 혜진 언니, 나보다 젊고 싱그러운 은혜, 나보다 훨씬 꼼꼼하고 야무진…. 나보다 나보다 나보다 더.

끝없이 나와 남을 비교하다가 정신이 들었다. 한 소녀가 떠올랐다.

2010년 2월 25일. 요란한 박수갈채 소리가 울렸다. 인형들과 꽃다발이 경기장 안으로 마구 날아 들어왔다. 완벽한 경기였다. 관중들은 휘슬을 불고 환호하며 국기를 흔들어 댔다.

경기장 밖, 소녀의 표정은 급격히 어두워졌다. 동공이 미세하게 흔들렸고, 긴장으로 입매가 굳어졌다. 이 모든 상황을 듣지 않으려 이어폰을 서둘러 꼈다. 전 선수의 경기 결과가 알려졌다.

'150.06점.'

세계 신기록이었다. 더욱 굳은 얼굴이 된 소녀는 곧바로 이어지는 자신의 무대에 올랐다. 빙판처럼 얼은 그녀는 해당 경기에서 두 번의 점프를 실수했다. 기본 동작도 이전과 달리 흔들렸다. 경기 직후 이어진 인터뷰에서 '미스가 있었고, 나 자신에게 납득이 안 된다. 분하다'며 눈물을 보였다. 이 안타까운 소녀의 이름은 '아사다 마오'.

이틀 전 쇼트 프로그램 경기 후에는 활짝 웃던 마오였다. 벤쿠버 올림픽 피겨스케이팅 쇼트 프로그램 경기 날인 2010년 2월 23일에 아사다 마오는 멋진 경기를 보여 줬다. 비장의 무기인 트리플 악셀을 성공했고, 기타 동작들도 깔끔했다. 73.78점을 기록하며 1위 자리에 가뿐히 안착했다.

그 모든 것을 지켜보던 19살의 대한민국의 김연아는, 바로 다음 경기를 이어가야 했다. 온 국민의 기대를 짊어진 채 앞서 라이벌 선수가 눈앞에서 완벽에 가까운 경기로 세계 신기록을 기록한 이때, 김연아는 피식 웃음을 날렸다. 그 웃음에서 나는 모든 것이 결정됐음을 알았다. 그녀는 단 한순간도 자신의 무대를 다른 이에게 내 준 적이 없었으니까.

아사다 마오가 자신의 경기보다 라이벌 김연아의 경기에 촉각을 곤두세운 것과 달리, 김연아는 라이벌이 경기를 잘하든 못하든 제 무대를 꿋꿋이 펼쳐 나가는 데 집중했으니까. 그 결과, 태극기는 가장 높은 곳에 올라갔다. 경기장 전체에 애국가가 울렸으며 김연아는 금메달을 목에 걸고 단상 한가운데 서 있었다.

내 인생이라는 무대에서 주인공으로 살기

여전히 나는 비교병에 시달린다. 세상 모든 사람이 나만 빼고 잘 사는 것처럼 느껴지기도 한다. 그러나 그때마다 조금 울고, 조금 슬퍼한 후에 다시 생각한다. 등수보다 중요한 건 나의 무대를 지키는 일이라고, 나의 삶의 중앙에 다른 이를 놓지 않는 일이라고. 피겨 여왕 김연아에게 메달의 색깔이 무용했듯 나 역시 삶이라는 무대에서 나를 내쫓지 말자고 다짐한다.

추가적인 노력을 병행했다. SNS를 탐방하던 버릇을 내려놓았고, 다른 이들의 근황과 소식을 듣고자 하는 일도 멈췄다. 다른 이들의 멋진 퍼포먼스와 성과를 볼 때 부러움에 몸서리치기보다 피식 웃어주고(가능하다면 박수까지도) 담담히 나의 무대를 준비하기로 했다.

다른 이의 경기를 머릿속에서 계속 복기하기보다 지금 내가 해야 할 점프, 회전, 트리플 악셀을 몸으로 연습하기로 했다. 그렇게 그녀의 무대는 그녀의 무대로, 나의 무대는 나의 무대로 철저히 남겨 두기로 했다.

나는 공모전 준비를 새롭게 시작한다. 동료였던 친구의 미니시리즈가 방영되고 있지만, 나는 내 눈앞의 공모전을 쓴다. 내가 써야 할 글을 쓴다. 작고 평범한 일상을 충실히 영위한다.

나는 나의 무대 위에 서 있고, 할 일을 하며 내 삶을 살아 낸다. 김연아의 빛나던 무대를 떠올리면서. 모든 경기를 마친 그녀가 프리 스케이팅 후에 뜨겁게 흘린 그 눈물을 기억하면서.

곰탕에 쏟은
정성과 시간만큼

◦ 인내하기

"전 안 될 거 같아요. 더 이상은 못하겠어요!"

"아직 더 기다려야 해요."

"진짜 못하겠다니까요. 도대체 언제 끝나요?"

"때가 되면 다 나와요. 얼마 안 남았어요. 조금만 더 힘내 봐요."

얼마 안 남았다는, 조금만 아주 조금만 더 참고 견디라는 간호사의 이야기만 듣고 친구는 스물일곱 시간의 진통 끝에 (조금이 무려 스물일곱 시간이었을 줄이야!) 오래 기다려 온 딸 축복이를 품에 안았다.

"얼마나 밉던지… 사람이 얼마나 무신경해 보이던지… 근데 나중에 생각해 보니까 다 맞는 말이더라고… 할 수 있는 건 그냥 견디는 것뿐이고, 아기는 때가 되면 나오는 거고. 그때는 아프고 죽을 거 같았는데 결국 다 지나갔잖아. 그리고 스물일곱 시간 진통한 거, 그거 기억 하나도 안 나. 지금이니까 하는 말일지 모르지만 스물일곱 시간이든 서른일곱 시간이든 다 견딜 수 있을 거 같아. 요 꼬물꼬물한 아기 발가락 하나에 다 끝이야 끝."

친구는 축복이의 잠든 얼굴을 보고 웃었다. 어떤 이물감도 없는, 어떤 불순물도 없는 1등급 다이아몬드 순도의 깊고 깊은 행복한 미소였다. 보고 있는 나의 마음조차 함께 뜨끈해질 만큼.

오래 끓여야 깊은 맛이 나는 곰탕처럼

겨울의 시작을 알리는 찬바람이 한 줄기 휙 불기 시작하면, 엄마는 기다렸다는 듯 베란다 뒤편 구석에서 커다란 솥단지를 꺼내 들었다. 그리고는 뼈다귀들을 산처럼 쏟아 붓고 물을 부어 몇 시간 동안 끓였다. 배고프다고 얼른 맛 좀 보자고, 그만 끓이고 달라고 옆에서 아무리 징징거려도 엄마는 단호했다.

"좀 기다려. 오래 끓여야 깊은 맛이 나지. 대충 끓이면 맹물 맛밖에
안 나."

그렇게 10시간을 기다린 끝에 맛보는 뽀얗고 뜨끈한 곰탕 국물은
배고픔 때문인지, 오랜 기다림 덕분인지 늘 저 아래 깊숙한 곳, 창자
언저리까지 만족스럽게 데워 준다. 별다른 반찬 없이 깍두기 하나만
놓고 먹어도, 어떤 10첩 반상 한정식을 먹는 것보다 더 큰 포만감과
든든함으로 더할 나위 없는 한 끼 식사가 되어 준다.

그 더할 나위 없는 식사에는, 뭐 그다지 대단한 재료도, 뭐 그렇게
별다른 요리 비법도 없다. 그것을 만든 것은 오직 시간, 길고 기다란
숙성의 시간뿐이다.

김치를 먹는 나라의 우리는 시간의 맛을 아주 잘 안다. 된장, 고추
장, 간장… 온갖 장을 먹는 나라에 살고 있는 우리 모두는 그 맛의 향
과 풍미를 누구보다 잘 알고 있다. 오랜 기다림이 있어야 깊은 맛이
나고, 세월의 내음을 존재 가득 품을 수 있다는 것도.

김치와 장뿐이랴. 와인도 오래된 것일수록 그 깊이가 남다르다. 미
술품은 시간의 더께에 비례해 가치가 수직 상승한다. 하다못해 화장
품조차도 발효 화장품은 일반 화장품보다 값비싸다. 또 요즘은 빈티
지 명품이 신상 명품보다 희귀해 구하기 힘들 정도다.

열매를 기대하면 즐겁게 기다릴 수 있다

내가 아는 기다림의 대가가 있다. 그는 주말마다 마른 흙에 물을 대고 주변의 잡초를 뽑는다. 내 눈에는 당최 아무것도 보이지 않는 땅을 내내 바라보고는 흐뭇하게 웃는다. 다음 주에 또 물을 주고, 잡초를 뽑고, 그 다음 주에 또 물을, 잡초를… 매주 왕복 세 시간이 걸리는 거리를 달려 그 의미 없는 행위를 반복하는 아빠에게 나는 물었다.

"도대체 언제까지야? 망한 거 아냐? 아무 기미가 없어."

"기다려. 진득하게. 원래 세상 모든 일은 기다리는 게 반절이야."

아빠는, 몇 년 전부터 주말농장을 하며 농사일에 재미를 들이셨다. 주말 새벽마다 차를 타고 달려 얼마 되지 않는 자그마한 자신의 땅뙈기로 향하고는 깻잎, 감자, 고구마, 상추에 옥수수까지… 온갖 종류의 먹거리와 꽃, 각종 채소들을 정성스레 키워 낸다.

"아니, 그냥 마트에서 사 먹으면 될 걸. 웬 고생이야. 피부도 검게 그을고, 저번에는 몸살도 났잖아!"

내가 쏘아붙이면 아빠는 늘 같은 대답을 한다.

"뭔가를 키우는 게 얼마나 재밌는데 네가 아직 어려 뭘 몰라 그래."

"물 주고 풀 뽑는 것밖에 없는데 뭐가 재밌어."

"기다리는 게 재밌지. 어떤 싹이 나올까. 어떤 열매가 맺힐까. 기다리는 맛이. 네가 자식 낳아 보면 알아."

"이제 우리가 다 컸으니까, 기다릴 게 없어서 농사를 짓는 거라고?"

나의 물음에 아버지는 눈을 크게 뜨곤 한참 나를 바라봤다. 그리고는 말했다.

"기다리고 있어. 아직도. 너 다 크기를."

"…."

나는 그만 입을 다물었다. 아직도 나를 기다리고 있다는 그 말에. 나라는 꽃이 피도록, 나라는 철없는 꼬맹이가 얼른 마음이 자라 성숙한 열매를 맺도록, 아빠는 여전히 나를 기다리고 있었다. 아무 징조도, 어떤 기미도 없는 마른 땅에 물 주고, 햇볕 쪼이고, 조심조심 잡초를 뽑아 가면서.

사랑은, 본래가 기다림이다. 좋은 순간은 찰나로 지나가 버리고, 사랑의 많은 순간은 대개 인내와 눈물과 기다림의 시간으로 채워진다. 자식의 효도는 첫 3년에 다하는 거라고 했던가. 꼬물거리는 작은 존재의 재롱에 마음이 녹기가 무섭게, 미운 세 살은 부모를 계속해 인내케 한다.

그렇게 아빠가 30년을 넘도록 나를 기다린 것과 같이, 부모는 자녀를 기다린다. 꼬물거리던 씨앗이 깊게 뿌리 내리고, 아래로 위로 쑥

쑥 자라나도록. 어느덧 비바람을 맞고서도 그 자리에 끄떡없이 서 있는 단단한 존재로 성장하도록. 마침내 더없이 아름다운 꽃을 피우고, 보기에도 탐스러운 열매를 주렁주렁 맺는 진짜 '어른'으로 맞내도록. 길고 긴 시간을 끝끝내 버텨 낸다.

동백꽃이 활짝 피어날 그날까지

16년을 단역과 조연을 전전하며 100여 편의 영화와 드라마에 출연한 한 배우가 있었다. 강산이 변해도 진작 변했을 그 오랜 시간을 무명의 배우는 버티고 또 버텼다. 까마득한 후배들이 수없이 주연을 맡고, 스포트라이트를 받고, 자신의 이름을 널리 알릴 때에도 그는 여전히 이름 없는 단역에 가까운 조연이었다. 그럼에도 그는 기다렸다. 자신의 꽃이 피어날 그날을. 자신의 동백을 만날 그날을.

16년 만에 드라마 〈동백꽃 필 무렵〉으로 제56회 백상예술대상 남자조연상을 수상한 그가 수상 소감에서 다음과 같이 말했다.

"그간 100편의 작품을 했는데 그 100편 다 결과가 다르다는 건 좀 신기한 것 같았습니다. 제 개인적으로는 그 100편 다 똑같은 마음으로, 똑같이 열심히 했거든요. 돌이켜 생각해 보면, 제가 잘해서 결과가 좋은 것도 아니고, 제가 못해서 망한 것도 아니라는 생각이 들더라고요. 세상에는 참 많은, 열심히 사는 보통 사람들이 많은 것 같습니다. 그런 분들을 보면 세상은 좀 불공평하다는 생각이 듭니다. 꿋꿋이 열심히 자기 일을 하는 많은 사람들에게 똑같은 결과가 주어지는 건 아니라는 생각이 들어서 불공평하다는 생각이 드는데, 그럼에도 불구하고 실망하거나 지치지 마시고 포기하지 마시고 여러분들이 무엇을 하든 간에 그 일을 계속하셨으면 좋겠습니다. 자책하지 마십시오. 여러분 탓이 아닙니다. 그냥 계속하다 보면, 평소처럼 똑같이 했는데, 그동안 받지 못했던 위로와 보상이 여러분들을 찾아오게 될 것입니다. 저한테는 동백이가 그랬습니다. 여러분들도 모두 곧 반드시 여러분만의 동백을 만날 수 있을 거라고 믿습니다. 힘든데 세상이 못 알아준다고 생각할 때 속으로 생각했으면 좋겠습니다. 곧 나만의 동백을 만날 수 있을 거라고요. 여러분들의 동백꽃이 곧 활짝 피기를 저 배우 오정세도 응원하겠습니다.”

그는 자신을 기다려 줬다. 가난했던 무명 배우로 오랜 시간 지냈지만, 오정세는 스스로에게 시간을, 기다림을 줬다. 조급해하지 않고 채근하지 않고 언제 올지 모를 때를 기다리며 자신을 가꿨다. 물을 주고, 햇볕을 쏘이고, 잡초를 솎아 내면서. 그리고 믿었다. 언젠가 꽃이 필 것이라고, 언젠가는 반드시 예쁜 동백꽃이 필 것이라고. 그 기다림은 결국, 꽃을 피워 냈다.

엊그제 아빠의 밭에 새순이 돋아났듯이. 아빠의 말이 다 맞다. 아빠의 기다림도 언제나 다 옳다. 그러니 나도 내게 시간을 줘야겠다. '기다림'이라는 인생의 비료를. '시간'이라는 더 없이 따뜻한 사랑을.

3장

가볍게 흔들려 보는 것도
괜찮더라

과거는 더 이상
묻지 말아 주세요

○ **과거와 이별하기**

지독한 슬럼프에 빠진 적이 있었다. 내가 두려웠던 것은 다름 아닌 '흼'이었다. 그 섬뜩한 흼. 그 소름 끼치는 흰 빛 앞에서 심장이 요동쳤고 이를 오래 마주하지 못해 얼른 덮개를 덮곤 했다. '한글 빈 문서'가 바로 내 공포의 대상이었다.

그 소름 끼치도록 차가운 백(白)의 위압감은 나를 압도해 그 앞에서 자주 얼굴빛이 새하얗도록 얼어붙어 있었다. 나를 재촉하듯 깜박거리는 마우스 커서는 쿵쾅거리는 심장 박동 소리와 보조를 맞추며 관자놀이에 식은땀을 삐죽 나게 만들었다.

하루 몇 시간 동안 엉덩이를 붙이고 앉아 있어도, 단 한 줄도 쓰지 못할 때가 많았다. 좀처럼 문장이 떠오르지 않았고, 겨우겨우 억지로 쥐어짜듯 뽑아 낸 글은 그 노력이 무색하게 다음 날이 되면 전량이 폐기되기 일쑤였다.

날이 갈수록 두려움은 커졌고, 슬럼프는 깊어졌으며, 실패는 반복되고 또 반복됐다. 마감 날짜는 훌쩍 지나갔는데, 목표량의 삼분의 일도 해내지 못한 상태였다. 더 최악의 상황은, 원고 상태가 조악하기 짝이 없다는 것이었다. 그 상태로 시간은 속절없이 흘러갔다. 거의 1년에 가까운 날들이었다.

'나는 안 되나 봐. 벌써 며칠째 A4 한 장을 채우지 못하고 이러고 있는 거야.'

어느덧 누적된 실패 데이터는 차곡차곡 퇴적암처럼 쌓여 관성이 되어 버렸다. 이렇게 굳어져 버린 몸과 마음이 스스로에게 포기, 체념과 같은 단어를 되풀이해 이야기하고 있었다.

"질 거 같네. 내일 출근해야 하니까 잠이나 자야겠다."

오랜만에 함께 경기도 보고 재밌게 응원도 할 거라고 기대했는데 눈앞의 식은 치킨과 김빠진 맥주처럼 남동생의 말에 김이 팍 샜다.

무엇보다 나를 가장 기운 빠지게 하는 것은 전적, 데이터, 기록 그것이었다. 그리고 왜 하필 많고 많은 팀들 중에서 세계 랭킹 1위인 독일이 상대팀이냐는 말이다. 왜!

2018년 6월 27일. 러시아 월드컵 F조 3차전, 여러 분석가들은 모두 한마음으로 같은 결과를 예상했다. 압도적인 우위를 보이며 독일이 한국을 상대로 승리할 것이라는 예상이었다. 어떤 누구는 대한민국이 승리할 확률은 독일이 우리를 7:0으로 이기는 것보다 더 확률이 낮을 거라고도 했다.

독일과 한국의 전적을 보면 그런 예측은 당연한 것이었다. 그러니 경기 시작 전부터 맥이 빠질 수밖에. 그래도 나는 기대를 안고 티브이를 켰다. 자정 가까이에 시작하는 경기였다. 늘 11시 전후로 잠들던 나였지만 끝까지 자리를 지키기로 했다. 삐이익! 휘슬이 불리고 드디어 경기가 시작됐다.

경기는 치열했다. 0 대 0 상태로 전후반이 끝나고 연장전에 돌입했다. 한국과 독일, 둘다 월드컵 16강에 진출하고자 사력을 다해 달리고 있었다. 또 그만큼 지쳐 있었다. 그냥 이렇게 끝이 나려나 보다, 이게 최선인가 보다, 역시 승리는 무리였구나 하고 있을 때였다.

"출발합니다. 자 낮게… 어! 어! 어?"

코너킥 휘슬이 불리고 손흥민이 공을 힘껏 찼다. 포물선을 그리며 날아간 공은 독일의 토니 크로스 앞에 놓였고, 토니는 니클라스 쥘레에 패스했다. 공이 쥘레의 두 다리 사이로 교묘하게 빠지며 골대 앞에 서 있던 김영권의 발 아래에 톡 하고 떨어졌다.

'어! 어! 어!?'

맥없이 티브이를 보고 있던 나는 눈이 휘둥그레졌다. 그리고 그 순간, 그 짧은 찰나 김영권은 자신의 발 아래에 놓인 기회를 향해 거침없이 발을 뻗었다. 공은 그의 간절한 염원을 그대로 담은 채 쭉 돌진했고 골문을 사정없이 흔들었다.

"아 골이에요! 대한민국! 독일을 상대로 득점에 성공합니다. 대한민국! 세계랭킹 1위, 디펜딩 챔피언 독일을 격침시킬 수 있는 상황이 됐습니다!" 연장 3분에 비로소 기록된 첫 골이었다. 심지어 경기 종료를 3분 남겨 두고 손흥민이 또 한 번 골을 넣었다. 그렇게 피파 순위 45위 대한민국이 1위 독일을 상대로 2 대 0 승리를 거뒀다.

이번 생에서 답을 찾으려면

'과거를 묻지 마세요'라는 말이 무색하게 우리는, 과거에 집착한다. 과거, 전적, 이력 그리고 데이터…. 눈앞에 놓인 대상을 가장 빠르게 판단할 수 있는 도구라고 여겨지기 때문일까. 회사는 지원자의 출신 학교와 학점, 자격증과 영어 점수를 빛의 속도로 스캔하고, 이전 경력들을 쭉 훑어 내린다. 회사도 주가 총액, 상장 여부, 매출 이익 등으로 순위가 매겨지고 서열화된다. 결혼 정보 회사에서는 대상자의 직업, 나이, 보유 자산, 학력, 외모(키, 몸무게, 얼굴 등)에 더해 부모님의 자산과 이력까지 데이터화한다.

이 같은 데이터들이 쌓여 점점 더 견고해지고 단단해지면 그 모양 그대로 굳어 버려서 결코 깨지지 않는 콘크리트 벽이 되고 만다. 차례차례 이어지는 10중 연쇄추돌사고처럼, 첫 실수는 다음의 실패를, 그 실패는 다음번의 낙오를 불러일으킨다. 주홍글씨처럼 인생에 새겨진다. 그래서 요즘 청년들이 이렇게 말하는 것이다.

"이번 생은 망했어. 다시 태어나지 않는 이상 답은 없어."

여기에 과거를 바꾸지 않으면 안 된다고, 그래야만 모든 게 제자리로 돌아간다고, 그걸 수정하지 않으면 삶이 망가질 거라고 말하는 한 명의 소녀가 있다.

그녀는 늘 붙어 다니는 친구의 고백을 없던 일로 하기 위해서 타임 슬립, 즉 과거로 돌아가는 것을 시도한다. 그렇게 돌아간 과거, 녀석의 고백을 막은 것도 잠시 그녀의 타임 슬립 때문에 같은 반 남자 친구는 갑자기 따돌림을 당하고, 다른 여자 친구는 소화기에 맞아 큰 부상을 입으며, 심지어 브레이크가 고장 난 자신의 자전거를 빌려 탄 친구 커플은 기차에 치일 위험에까지 처한다. 이제 소녀는 이 불행한 사고들을 막기 위해 다시 한 번 더 타임 슬립을 해야만 한다.

애니메이션 〈시간을 달리는 소녀〉의 주인공 마코토는 그렇게 계속 시간을 되감기하는 삶을 반복한다. 과거의 실수, 안 좋은 기억들, 어쩐지 자꾸만 곱씹게 되는 상처와 아픔들⋯ 그것들을 후회해 도돌이표처럼 자꾸만 과거로 돌아가는 마코토에게 미래에서 온 소년 치아키(마코토에게 고백한 친구)가 더 이상 과거로 돌아가지 말 것을 당부한다. 그리고 그녀에게 마지막 인사를 한다.

"미래에서 기다릴게."

과거의 힘을 무력화시키는 유일한 방법

과거는 힘이 세다. 우리를 정지된 잿빛 화면 속에 묶어 둘 수 있을 만큼 말이다. 젊은이를 나아가지 못하게 하고, 장년을 변화할 수 없게 만들며, 노인을 자꾸만 '라떼는 말이야' 같은 길로 돌게 만든다. 그리고 거듭 충고한다.

"너는 지금껏 이래 왔으니 앞으로도 이럴 거야. 네가 3년 전에, 1년 전에, 어제 저지른 실수를 봐. 그런다고 뭐가 달라지니? 애쓰지 마. 어차피 안 돼. 지금까지 그래 왔던 것처럼."

하지만 과거가 전부는 아니다. 절대적일 수 없다. 경기 종료 휘슬이 울리기 전까지는 끝난 것이 아니고, 판례는 언제고 뒤집힐 수 있다. 승패의 진짜 모습은 늘 미래에서 기다리고 있다.

과거는 과거일 뿐이다. 과거는 지나간 것이다. 나의 실수는, 우리의 상처의 순간은 이미 넘겨진 페이지일 뿐이다. 우리는 지금, 여기에서 언제든 새 페이지를 쓸 수 있다. 언제든 과거의 사슬을 끊고 날아오를 수 있다. 과거를 향해서가 아니라 미래를 향해 달릴 수 있다. 그때 비로소 과거는 힘을 잃는다.

다시 한글 문서를 열었다. 마음속에서 또다시 소리가 들려왔다.

'안 돼. 넌 못할 거야. 늘 그랬듯 막힐 거야. 한 줄도 제대로 쓰지 못할 게 뻔해.'

심호흡을 했다. 무작정 쓰기 시작했다. 마음이 지껄이는 소리에 다음과 같이 대답했다.

"과거는 과거일 뿐이야. 이제 네가 뭐라고 떠들든 간에 멈추지 않고 계속 써 볼 거야."

2018년, 피파 랭킹 45위 대한민국은 세계 1위 독일의 월드컵 16강 진출을 좌절시켰다. 독일의 월드컵 조별 리그 탈락은 축구 역사상 처음이었다고 한다. 그렇게 이 사건은 카잔의 기적이라 불리며 축구 역사의 새로운 페이지를 썼다. 그들은 그렇게 새로운 페이지를 넘겼고, 나 역시 그날 밤 그러했다.

가장 좋은 것은 언제나 과거가 아니라 미래에 있다. 미래는 언제나 손짓하며 우리를 기다리고 있다. 그래서 우리는 말해야 한다. 과거를 묻는 이들에게, 과거를 되풀이하며 말하고자 하는 이들에게, 과거를 자꾸만 되새기며 날개를 꺾으려 하는 자신에게.

"과거는 이제 묻지 마세요."

나를 위한
청문회를 단행하다

○ 의심하기

지인이 보이스 피싱을 당했다. 택배를 기다리고 있을 때 J에게 부재중 우체국 택배 반송 연락이 왔고, 곧이어 연결된 집배원이 정보 확인 차 개인정보를 요구했고 의심 없이 말해 준 것이 화근이 됐다.

"조금만 생각해 보면 이상한 게 많았는데… 이전에는 부재를 이유로 택배가 반송된 적이 한 번도 없었거든요. 배송 추적해 봤으면 되는데 이상하게 곧이곧대로 계좌번호랑 다 불러 줬지 뭐예요. 보이스 피싱이 남의 일인 줄만 알았지 내가 당할 거라곤 상상도 못했어요."

친구 하나도 몇 년 전 비슷한 일로 많은 돈을 잃었다. 5년 만기 적금이 끝나고 이를 종잣돈 삼아 투자할 곳을 찾던 중에 친한 선배에게서 투자 정보를 들은 S는 의심 없이 그 돈을 통째로 주식에 올인했다.

오래지 않아 S의 주식은 반의 반 토막이 났다. S는 하루하루 피가 마르는 심정으로 주식 동향을 시도 때도 없이 들여다봤다. 다크서클이 얼굴 전체를 뒤덮고, 난생처음 대상포진에 걸려 고통을 겪고, 회사에서도 잦은 업무 실수가 반복하다가 결국 눈물로 주식을 매도했다. S는 결심했다. 이제 다시는 다른 사람의 말만 믿고 투자하지 않을 거라고, 그런 실수를 반복하지 않을 거라고, 무슨 일이든 철저하게 의심하고 검증하고 증명하는 과정을 거칠 거라고.

두 피해자 모두 번듯한 학교를 졸업했고, 선망받는 직종에 종사하며 일도 잘하는 소위 꽤 스마트한 사람들이었다. 그러나 자신들의 지성에 관해 단 한 번도 의심해 본 적이 없기 때문일까. 둘은 그 의심 없는 믿음 덕분에(?) 굳이 겪지 않아도 될 뼈아픈 일을 경험하고 말았다.

대한민국 헌법에는 대통령이 임명한 행정부의 고위 공직자에 대하여 국민의 대표인 국회의원들로 하여금 자격 여부를 검증케 하는 인사청문회 제도가 명시되어 있다. 한 국가의 여러 정책을 좌우하는 주요 요직을 다만 한 사람의 의견만으로 (대통령일지라도) 프리패스 하지 않겠다는 의지가 담긴 조항이다.

때로는 과하다 싶을 정도로 씹고, 뜯고, 맛보고… 사돈의 팔촌까지, 머리털 비듬부터 발가락 때까지 탈탈 털어 내는 청문회에서 치명적인 결격 사유가 발견되면 임명이 취소되는 경우도 적지 않다. 여론을 무시하고 임명을 강행할 경우, 도덕적 지탄을 피하기 어려울 뿐더러 행정부 구성의 정당성에도 심각한 타격을 입기 때문이다.

청문회라는 제도적 장치 덕택에 우리는 우리가 잘 알지 못하는 행정 각료들의 적임성을 간접적으로나마 검증할 수 있으며, 보이스 피싱처럼 근거 없는 가짜 주식 정보처럼 쉽고도 간단하게 우리 삶에 들어오는 해로운 인사를 사전에 제거할 수 있다.

부모님이 그렇게 말씀하시니까. 선생님이, 전문가가, 어떤 권위자가 그렇다고 하니까. 많은 사람들이 그렇게 살아가고 있으니까. 다들 그게 맞는 거라고 하니까. 때때로 우리가 너무도 중요한 것들을 너무도 쉽게 너무도 단순한 이유로 받아들이는 것과는 달리 말이다.

'그게 진실인가요?'라는 말의 힘

조금 더 신중해야 한다. 조금 더 의심해야 한다. 조금 더 자주 스스로에게 '그게 진실인가?' 하고 물어야 한다. 부주의한 생각들로부터 자신을 지키기 위해, 삶의 보이스 피싱을 막기 위해.

여기, 한 불행한 여자가 있다. 중증의 우울증을 앓고 있던 이혼녀, 병세가 심각해짐에 따라 스스로는 푹신한 침대에 누울 자격조차 없다고 느껴 정신 요양원의 차가운 바닥에 몸을 웅크리고 자던 한 여자. '바이런 케이티'다.

그녀는 어느 날 문득 떠오른 단 하나의 질문으로 삶의 방향 전체가 바뀌고 만다. 막다른 사지로 내달리던 그의 인생은 그 하나의 질문으로 멈춰 섰고, 이내 각도를 틀고 이제껏 본 적 없던 곳으로 그녀를 데려가기 시작했다.

그녀는 자신의 깨달음과 그 '질문'을 담은 책《네 가지 질문》을 출간했고 베스트셀러가 됐다. 이후 그녀는 〈오프라 윈프리 쇼〉에 나와 자신의 지혜를 나눴으며 시사주간지 〈타임〉 역시 케이티를 이 시대의 새 영적 지도자로 소개했다. 그녀의 인생을 송두리째 바꿔 버린 그 막강한 질문은 이것이었다.

'그게 진실인가요(Is it true)?'

그녀는 자신의 마음이, 세상의 잣대가, 기존의 상식이라는 것들이 말할 때마다 친절하지만 단호한 목소리로 의문했다. '너는 안 돼. 너는 엉망이야. 중년의 이혼녀에다 우울증까지 있잖아. 너는 루저야.

네 인생은 망했어. 이 패배자야'라고 쉴 새 없이 독설을 날려 대는 마음에게 물었다.

'내 말을 따라. 다들 하는 대로 따라. 뭘 별스럽게 튀려고 그래? 있는 듯 없는 듯 묻혀 가. 평범하게. 그냥.'

끊임없이 재단하고, 키를 맞추고, 규격에 맞게 틀에 넣으려는 세상에게도 얼굴을 바짝 대고 깊게 눈을 마주하며 물었다.

'그게 진실이야? 정말로, 정말로 진실이야?'

케이티는 그 질문을 통해 자신이 생각해 온 많은 부분들, 아니 거의 전부라 할 만큼의 부분들이 '거짓'이었음을 알았다고 이야기했다.

포커페이스에 능하고, 청산유수의 달변을 자랑하던 많은 보이스 피싱들은 '그게 진실입니까?' 하는 거짓말 탐지기 앞에서 자신의 민낯을 그대로 드러냈다.

거짓말은 나쁘다. 무분별한 거짓 정보와 보이스 피싱은 근절되어야 한다. 그리고 한 가지 더. 우리는 진실을 알기 위해 노력하지 않는 부주의함과 무성의함도 자신을 지키기 위해 기꺼이 버려야 한다. 곧이곧대로 믿어 버리는 방임과 게으름을 집어 던져야 한다. 자신을 보호하는 거짓말 탐지기를 가동시키고, 철저한 청문회를 단행하며, 2중 아니 3중의 팩트 체크를 거쳐야 한다. (바이런 케이티의 《네 가지 질문》은 4중

확인과 다름없다.)

오늘도 수많은 거짓 메시지가 나를 찾아온다. 마음을 힘들게 하고, 생각을 어지럽게 만들며, 더 나아가서는 영혼을 다치게 하는 수많은 거짓말들 속에서 무가치하다고, 보잘것없다고, 대단한 존재가 아니라는 그 무수한 말 사이에서 마음이 원래 하던 대로 생각 없이, 의심 없이 한숨을 내쉬며 '그렇지. 그럼 그렇겠지' 하고 고개를 끄덕이려는 찰나에 나는 떠올린다. 너무나도 간단한 말 한마디를.

'그게 진실인가요?'

돈키호테처럼
한 번 살아 볼까?

ㅇ 정신승리하기

의심 하나가 슬금슬금 싹트는 것을 보았다. 의혹의 씨앗은 신선한 어느 영화 한 편을 본 것에서 비롯되었다.

영화의 줄거리는 대략 이렇다. 88 사이즈의 뚱뚱하고 못생긴 여자 주인공이 자고 일어났더니 하루아침에 44 사이즈의 초절정 미녀가 되어 버린다. 그리고 그에 걸맞는 멋진 남자와 사회적 성공, 즉 '사랑과 일'이라는 두 마리 토끼를 모두 잡고 만다.

평범한 스토리 같지만 이 영화의 참신한 점은, 여자 주인공의 드라마틱한 변신이 실제가 아니라 그녀의 머릿속에서 이루어진 일이라는 것이다. 다시 말해 그녀의 모든 변화의 시작은 그저 하나의 망상, 일종의 정신승리에서 발생되었다는 것.

정신승리. 객관적으로 실체가 없으면서도 정신적으로 지나치게 긍정적으로 해석하고 판단하는 사고의 과정 혹은 그러한 사람을 지칭하는 말이다. 모두가 아는 이 말은 보통 어떤 사람이나 상황을 조롱하는 데 쓰인다. 현실 파악 못하는 푼수들을 교묘하게 꼬집고 세련되게 비웃기 위함으로 사용하곤 한다. 나 역시 그랬다.

'우리 나이에 무슨… 정신 차려. 헛된 희망은 품지 말자', '아직도 그런 꿈을 꾸니, 현실 좀 직시하자', '주제 파악하자. 지금 현재 상황과 위치를 냉정하게 생각하자'와 같은 뾰족하고 날카로운 말을 농담인 듯, 장난인 듯 돌려 말했다. 때로는 스스로에게조차 이 잣대를 동일하게 들이 대며 자기검열을 하기도 했다.

누가 그랬던가. 때로는 아프고 쓰리기까지 한 비관이 대책 없고 비현실적인 낙관보다 더 낫다고. 나는 그 말을 철저히 신봉하던 사람이었고, 그래서 스스로에게 더욱 가차 없었다. 그것이 옳은 것이라고, 그래야만 한다고 생각했었다.

한 번뿐인 인생, 멋지게 사는 비결

"저는 자신 있습니다."

"근거는요?"

"근거는 없고요. 그냥 자신감은 있습니다."

우연히 가수 지드래곤의 인터뷰를 본 적이 있다. 인터뷰이는 당대 최고의 언론인이라 불리는 지긋하고 노련한 기자 출신의 앵커였다. 그는 평소에 하던 대로 여러 질문을 던졌다. 그 가운데에는 곧 발매될 그룹 활동의 앨범이 자신 있는지, 있다면 근거는 무엇인지 묻는 질문도 있었다. 지드래곤은 이유 같은 건 존재하지 않지만, 그럼에도 자신이 있다고 답했다.

별생각 없이 인터뷰를 보고 있던 나는 '아' 하고 외마디 탄성을 내뱉었다. 그 순간, 다 이해가 됐다. 오래도록 설명되지 않았던 그의 스웨그와 아우라 그리고 기묘하게 사람을 잡아끄는 매력의 원천을. 아무것도 아닌데도 그가 하면 이상하게 멋이 나고 어떤 옷을 입어도 태가 나는 이유를. '근자감', 근거 없는 자신감이 바로 그 이유였다.

스스로를 믿는 느낌이라는 뜻의 자신감. 결국 자신감은 태생적으로 근거 없이 이루어질 수밖에 없는 존재인 것. 그냥 믿어 주는 것, 아무것도 없지만 그저 힘껏 믿어 주고 응원하고 잘될 거라 긍정해 주는 것, 존중해 주는 것. 그것이 바로 진짜 자신감일 것이다. 근거, 이유, 수치, 어떤 조건과 상관없이 태생적이고 본원적으로 존재하는 스스로를 믿는 힘.

예쁘지 않은데 예뻐 보이는 사람

내가 아는 사람 중에 단연코 가장 예쁜 미모를 자랑하는 한 아이가 있다. 작은 손바닥으로 덮어지고도 넉넉히 남을 만큼의 조막만한 얼굴, 그에 반비례하는 커다랗고 맑은 눈, 까놓은 달걀 같은 피부, 도톰하고 빨간 귀여운 입술까지 가진 그 아이.

상대를 그저 사르르 녹아 없어지게 하는, 그게 누구든 단번에 무장 해제시켜 버리고 마는 솜사탕 같은 눈웃음까지. '와 진짜 이쁘다'라는 소리가 절로 나오는 외모의 친구는 그런 아름다움을 소유하고서도 늘 피부과, 성형외과, 헤어샵을 내 집 드나들 듯 다닌다. 이상한 일이 아닐 수 없다.

또 하나 이해되지 않는 점은, 그녀의 빛나는 외모를 보고 다가왔던 수많은 남정네들이 하나같이 얼마 지나지 않아 눈에 띄게 시들해진 태도를 보이며 그녀를 냉대하거나 심지어 차 버리기까지 한다는 것이다. 단 한 번의 예외가 없었다. 처음에 남자들이 그녀를 만나기 위해 얼마나 지극정성을 들이는지 옆에서 봤기에 더욱 아리송했다.

그러나 "난 진짜 남자 복이 없나 봐. 연애 운이 지지리도 없나 봐. 더 예뻐질 거야. 그래서 꼭 후회하게 만들 거야"라고 말하며 투지에 불탄 그녀를 보면서, 미안하게도 나는 그 모든 일이 일견 납득이 되었다. 그녀는 참 예쁘지만 안 예쁜 사람이었으니까.

세상에는 예쁘지만 안 예쁜 여자가 있고, 안 예쁜데 참 예쁜 여자가 있다. 분명 머리로는 안 멋진데 또 심장으로는 이상하게 미치도록 멋져 뭇 여성들의 가슴을 터질 듯 뛰게 남자도 있고. 영국 드라마 〈셜록〉의 주인공이자 멋짐을 연기하는 오이, 베네딕트 컴버배치가 독보적이다. 바로 이 지점에서 나의 새로운 의심이 시작된 것이다.

'왜 우리는 정신승리를 해서는 안 되지?'

'왜 자신감 따위 근거 없이 좀 가지면 안 되지?'

생각해 보면 자신감이 있다고 해서 문제가 될 필요는 없다. 조롱받아 마땅할 까닭은 없다. 다른 사람과 같은 강도로, 같은 수치로 현실을 인식하지 못한다는 점이 왜 비웃음거리로 여겨져야 할까? 다른 무엇보다 왜 우리는 근거 없이, 스펙 없이, 외부적 수치 없이는 스스로를 믿는 느낌을 가지지 못하고 있는지 한 번쯤 되돌아 봐야 한다.

나를 비롯한 많은 이들이 근거 없는 정신적 패배를 겪는다. '난 안 돼', '내가 뭘…', '나 따위가 무슨…'과 같은 익숙한 의식의 흐름은 어떤 의심도, 물음도, 요구도 받지 않는다.

정신적 패배가 결국 진짜 패배로 이어지기 전에 이 사슬을 끊어 내기로 했다. 정신패배보다는 차라리 정신승리를 하기로 했다. 정신승리계의 최고봉으로 꼽히는 돈키호테도 이런 말을 남겼으니까.

"이룰 수 없는 꿈을 꾸고, 이루어 질 수 없는 사랑을 하고, 이길 수 없는 적과 싸우고, 견딜 수 없는 고통을 견디며, 잡을 수 없는 저 하늘의 별을 잡자."

진정한 정신승리가 나를 멋진 길로 인도해 줄 것을 믿는다. 근거 없이 그렇게 믿기로 했다.

맛있는 인생에는
맵단짠이 공존한다

◦ 희로애락 즐기기

남동생이 5년간의 긴 연애 끝에 드디어 결혼했다. 나는 남동생이 식장을 걸어 들어오는 순간부터 마지막 신랑신부 행진을 하는 순간까지 내내 훌쩍거렸다. 처음에는 눈시울만 붉히다가 부모님께 새 부부가 인사를 하는 순간부터 눈물샘이 본격적으로 터지기 시작하더니 나중에는 이내 눈물 콧물이 범벅이 된 채 어깨를 연신 들썩거렸다. 언니 말로는 전 남자 친구 결혼식에 참석한 사연 있는 여자처럼 보였을 거라나 뭐라나.

때와 장소를 가리지 않고 눈물을 펑펑 쏟아 내는 게 사실 처음 있는 일은 아니다. 나이가 차면 눈물이 많아진다고들 하던데, 인정하고 싶지 않지만 나는 요새 꽤 자주 운다. 영화를 보면서도, 친구와 대화를 하다가도, 길거리를 걷다가 들리는 음악소리에도 문득 코끝이 찡해 온다. 그런 나를 보고 친구들은 놀려 대지만 그럼에도 문제의 눈물샘은 쉬이 마르지를 않는다.

더욱 고민인 것은, 눈물의 절대적 양이 많아진 것에 더해 용도 역시 다양해졌다는 점이다. 이전에는 슬프거나 억울하거나 화가 날 때, 우울하거나 외로울 때 눈물이 났다면 이제는 기쁘거나 감사할 때, 감동적일 때, 너무 행복할 때까지도 그 스펙트럼이 훨씬 넓어졌다.

고길동 아저씨의 입장이 이해되는 순간

'SWEET SORROW(달콤한 눈물)'

20대 초반에 이 말을 처음 들었을 때, 그저 멋들어진 표현이라고만 생각했다. 그러나 그로부터 10년이 훌쩍 지난 지금 나는 안다, 이 단어의 쓸모를. 그 달콤한 슬픔의 의미를. 달면서도 분명히 또 어느 순간 짭짤할 그 오묘한 눈물의 맛을.

"사랑만, 밝음만, 양지만 아는 사람은 매력 없더라고. 얇고 얕아서, 그 단조로움에 질리더라고. 사랑 뒤에 있는 슬픔도, 고통도, 외로움도 아는 사람과 사랑하고 싶어 난."

어느 드라마에서 이와 같은 대사를 들은 적이 있다. 그리고 나는 그 말에 전적으로 고개를 끄덕끄덕하며 동의했다. 특히 음식의 계통에서는 더더욱.

보글보글 라면을 끓인다. 면과 스프를 넣고, 파도 송송 썰어 넣고 계란도 탁 넣는다. 꼬들꼬들 맛있게 끓여진 라면을 그릇에 담고, 후루룩 한 입 맛본다. 그러다 아뿔싸 뭔가 빠졌음을 인지한다. 다급하게 냉장고를 열어 주섬주섬 반찬을 꺼낸다. 그리고 김이 모락모락 피어나는 라면 한 젓가락에 척 하고 반찬을 얹어 함께 맛본다.

'아… 그래 이거지!'

나는 그제야 만족한다. 짭짤한 라면의 맛과 맵고 신, 잘 익은 김치의 맛은 하나로 어우러져 전에 없던 지경으로 '미'의 경지를 끌어올리니까.

어디 그뿐이랴. 치킨을 마구 흡입하다 쭉 들이켜는 시원하고 청량한 맥주 한 모금은 그야말로 꿀 조합이다. 달콤하고 촉촉한 티라미수 케이크와 쌉쌀하고 고소한 아메리카노는 그 궁합을 말하기가 입이 아플 지경이다. 꾸덕꾸덕한 짜장 라면에 육즙 가득한 한우 채끝, 짭짤한 간장 게장에 고소한 참기름 플러스 바삭한 김부각 같은 이 세트 구성은 경이로운 맛을 선사한다.

새삼스러울 것도 없는 게 우리는 여러 가지 채소와 계란, 양념을 한 번에 넣고 비벼먹는 비빔밥의 민족이고, 홍어와 김치와 고기를 차곡차곡 포개어 한 입에 넣어 먹는 삼합과 쌈의 겨레이며, 냉동고에 잠자고 있던 모든 재료들을 다 꺼내 만드는 정체불명의 섞어찌개를 먹고 자란 일명 맵단짠의 족속이다.

"조금만 넣을 게유. 설탕이 조금은 들어가야 짠맛도, 감칠맛도 살아난다니께유."

슈가 보이라 불리는 요리 전문가 백종원 선생님도 말씀하시지 않았는가. 달고, 맵고, 짜고, 신, 여러 가지의 맛이 합쳐졌을 때, 그것은 서로가 서로를 도와 음식 전체의 풍미를 한껏 끌어올린다고.

삶도 이렇듯 다양한 맛이 필요하다. 늘 달콤해서 금방 물리고, 늘 짭짤해서 시들시들해질지 모르며, 항상 맵고 쓰기만 한 인생이라면 너무나 고단하다. 하나만 알고 둘을 모르는 사람은 재미가 없고 지루하며, 기쁨만 알고 슬픔의 뒷모습을 모르는 자는 미숙하고 공허하다. 삶의 겉면만 보고 그 이면을 결코 들여다보지 못하는 이는 언제나 허약하고 불안하다.

각각의 맛은 서로가 서로를 지탱하며 하나하나의 존재감을 더욱 깊이 있게 만드는 감미료 역할을 한다. 삶의 쓴맛을 한껏 본 뒤에 찾은 작은 평안은 이전의 그 어떤 달콤함보다 진한 향을 낼 테고, 오색찬란한 시간 뒤에 맛보는 한 스푼의 소금은 젊은이를 한층 깊은 차원의 세계로 발걸음을 인도한다. 그렇게 우리는 어느덧 눈물에서도 달콤함을 느끼고, 웃음에서도 쌉싸래한 뒷맛을 보고 마는 것이다. 그렇게 어른이 되어 가는 것이다.

누군가 그랬다. 어른의 척도는, 만화 영화 〈아기공룡 둘리〉에서 누구에게 측은지심을 느끼는 지로 판단된다고 했다. 둘리 일당이 아닌 고길동 아저씨의 입장이 이해될 때, 우리는 비로소 어른이 된 거라고. 마이콜에게서 진한 고독과 슬픔을 볼 때, 우리의 마음이 한 뼘 더 자란 거라고.

쓰면서도 참 달고 맛있는 소주처럼

슬픔이 올 때, 나는 이제 찬찬히 찾는다. 슬픔 뒤의 단맛을. 우울이, 힘듦이, 고통이, 시련이 찾아올 때도 나는 가만히 살펴본다. 그것들이 지니고 있을 다른 맛을. 밝아 보이는 사람의 어깨 축 처진 뒷모습을 보고, 시니컬하고 까칠한 사람의 내색 않는 다정한 모습을 발견한다. 그리고 그렇게 인생의 앞면뿐만 아니라 뒷면까지도 오롯이 껴안는다.

찾자. 인생의 숨은 맛을. 쓴맛만 가득한 삶을 살고 있다면, 그 너머의 미세하게 느껴지는 단맛을 음미해 보자. 삶의 단맛만 맛보려 이제껏 고집했다면, 새콤한 맛과 매운맛도 기꺼이 맛보는 대담함을 갖자. 어떤 맛이든, 마음을 열고 입을 열어 혀에 넣고 찬찬히 굴리자. 삶은 다채로워야 한다. 음식이 풍성한 맛을 내야 함과 같이. 인생은 푸짐한 밥상이어야 한다. 뷔페가, 코스 요리가, 잘 차려진 한정식 밥상이 그러하듯이.

결혼식이 끝나고 이어진 식사자리에서 나는 어쩐지 평소에는 잘 마시지 않았던 술이 고팠다. 초록색 병의 뚜껑을 따서 앞에 놓인 잔에 쪼르륵 따라 단숨에 들이켰다. 인상을 찌푸리고 소주를 털어 넣으며 나는 말했다.

"시원섭섭한 마음을 술이 달래네. 쓴데 참 달다."

모나고 각졌지만
그래서 더 특별했던 삼순이

○ 부족함 인정하기

몇 년 전, 언니와 아직 네 살이던 어린 조카를 데리고 여행을 한 적이 있다. 그 당시 언니는 일과 육아로 많이 바빴기에 나는 여행에 대한 모든 것을 나에게 맡기라고 했다. 일정을 계획하고, 항공권과 숙소를 예약하고, 여행자 보험을 들고, 현지 교통편을 확인하고, 짐을 꾸렸다. 모든 것이 순조롭게 진행됐다.

여행 하루 전날, 마지막으로 빠뜨린 것은 없는지 여권을 확인한 뒤 항공권을 프린트하려던 찰나, 나는 얼어붙었다. 항공편의 출발지와

도착지가 반대로 예매되어 있었다. 그 사실을 확인한 때가 저녁 9시 쯤이었기에 해당 항공사에 전화를 걸 수 없었다. 나는 한껏 들떠 있는 언니와 조카에게 이 사실을 전하지 못하고, 반쯤 울먹거리며 무작정 친구에게 전화했다.

"일단, 침착해 봐. 항공사에 전화해 봤어?"

"연결이 안 돼. 다들 내일 아침 비행기인 줄 아는데 어떡하지."

"그럼, 공항에 전화해 봐. 항공사 카운터랑 연결해 달라고 부탁하고 상황을 설명해."

"그러고는?"

"내일 아침에 탑승할 수 있는 비행기표가 있는지, 수수료 감면은 가능한지 물어 봐."

"없으면?"

"빨리, 검색해야지. 항공권 남은 거 있는지. 하나씩. 차근차근. 할 수 있어."

침착하고 꼼꼼하기가 이를 데 없는 친구가 친절히 하나하나 로드맵을 짜 줬고, 다행히 나는 항공사와 연락해 티켓을 다시 발권받았다. 다음 날 아침, 기존에 알고 있던 것과 조금 달라진 보딩 시간에 언니는 잠깐 고개를 갸웃거렸지만, 우리는 무사히 비행기에 올랐고 나머지 계획에는 아무런 차질 없이 여행도 잘 다녀왔다.

'도대체 나는 왜 이럴까?'라는 깊은 탄식

그렇게 며칠 후 경과 보고 차 친구와 통화를 나며 나는 한탄했다.

"난 왜 이럴까? 분명 여러 번 확인했었어. 근데도 몰랐다니까!"

"너니까. 그때 너, 지연이 결혼식도 시간 잘못 알아서 못 왔잖아."

"그러니까. 지연이 결혼식을 못 간 게 말이 되냐고! 다른 사람도 아니고. 지연이 결혼식을!"

15년 동안 쌓이다 못해 흘러넘치는 나의 실수와 관련된 에피소드를 친구와 이야기하다 보니, 나도 참 기가 찼다. 친한 친구의 결혼식 시간을 착각한 일, 상해에서 핸드폰을 잃어버린 일, 소개팅에서 치마 뒤쪽이 속옷 안으로 들어간 줄도 모른 채 한껏 예쁜 척했던 일, 적나라한 뒷담화가 담긴 문자를 당사자에게 보낸 일까지. 일일이 다 생각하자면 머리 아픈 경험들이 수두룩하다.

"나는 왜 이렇게 칠칠맞고 어리바리할까?"

"어디 한두 번이니? 그러려니 해."

"어릴 때면 그나마 귀엽게라도 봐 주지. 서른 넘어서도 이러니 정말 너무 싫다."

내 깊은 한숨에 친구는 잠깐 생각하더니 말을 이어 나갔다.

"여전히 귀여워. 생각해 봤는데 네가 나이를 먹었다고 갑자기 빠릿

빠릿하게 어른스럽고 야무지게 행동하면 싫을 거 같아. 부족해 보여도 인간미 있어. 그게 너의 매력이잖아."

무슨 소리냐고, 남 일이라고 그렇게 쉽게 말하면 안 된다고, 지금 누구 놀리느냐고 반박하려던 찰나에 한 가지 기억이 떠올랐다. 얼마 전 나도 비슷한 이야기를 한 적이 있다.

"Y씨. 뭐 불편한 거 있어요? 표정이 조금 굳어 있는 거 같아서…."

일로 처음 만난 Y와 대화를 나누다 이상한 점을 발견했다. 이야기를 하던 중에, 간헐적으로 그녀의 표정이 어색하게 굳는 것을 눈치 챈 것이다. 공감대가 맞아 함께 웃음이 터지려는 순간에, 재미있는 유머에 빵빵 박장대소가 나오려는 순간에, 혹은 흐뭇한 이야기에 나도 몰래 광대가 위로 승천하려는 그런 순간순간마다. 나는 내가 뭔가 실수를 했나 싶어 그녀에게 조심스레 말을 꺼냈고, 그런 나에게 Y는 뜻밖의 대답을 내놓았다.

"아니에요. 그게 아니라… 자주 오해를 사는데… 이 때문이에요."

어릴 때부터 앞니 두 개가 다른 치아보다 특출나게 컸던 Y는 그 때문에 학창시절 내내 토깽이라는 별명을 얻었고, 더 짓궂은 남학생들은 그에게 '앞니'라고 부르며 누가 봐도 귀염상인 그녀를 향한 호감의 마음을 삐뚤게 표현했다.

설상가상으로 Y는 웃음이 많았는데 작은 유머에도 격하게 반응하는 그의 웃음을 두고 어른들은 잔소리를 늘어놓았다고 했다.

"어우 시끄러. 무슨 여자애가 그렇게 박장대소하며 웃니? 뒤로 넘어가겠다."

"웃음소리만 들으면 무슨 애 둘 낳은 아줌마인 줄 알겠어. 조용조용 예쁘게 좀 웃어."

그리하여 그녀는 자신의 귀여운 앞니와 듣기만 해도 기분 좋아지는 너털웃음을 감추려 특유의 요상한 표정(웃는 것도 아닌 우는 것도 아닌)을 개발해 냈다고.

"15년간을 그렇게 살았다고요? 그걸 숨기겠다고? 진짜 빈 말이 아니라 그 토끼 이빨 진짜 귀여워요! 가끔씩 새어 나오는 빵 터지는 그 웃음도요."

모난 돌이 그 각짐으로 사랑받는다

가장 좋아하는 드라마가 뭐냐고 누군가 내게 물으면, 꼭 대답하는 작품 중 하나는 〈내 이름은 김삼순〉이다. 얼굴만 봐도 즐거운 싱그러운 시절의 현빈이 나오는 것도 주된 이유지만, 무엇보다 '김삼순'이라는 인간미 넘치는 캐릭터를 좋아한다. 구체적으로는 그녀가 가진

'각'과 그녀가 가진 '모' 때문이랄까.

"요새는 옛날처럼 빗살무늬 토기 같은 그런 라인은 선호하지 않습니다. 오히려 조금 '각'이 진 턱 라인을 원하시죠."

최근 티브이 프로그램에 나온 어느 유명 성형외과 의사의 인터뷰다. 그의 말처럼 근래에는 미의 기준이 예전과는 달리 새롭게 정의되고 있다고 했다. 이전에는 뾰족한 브이 라인의 얼굴이 인기가 많았다면, 요새는 아래턱이 각진 쪽을 더 선호한다고 했다.

얼굴을 전혀 손대지 않은 어느 톱 배우의 그것처럼 자연적이고 세밀한 '각'은 남들과 다른 느낌을 주고, 또 그렇기에 전에 없던 세련됨과 기품마저 느끼게 한다고.

김삼순이 특별했던 이유도 유사했다. 50.5퍼센트의 전무후무한 드라마 시청률을 기록하게 했던 것은, 보는 시청자로 하여금 백이면 백 '삼순이'를 사랑하고 응원하게 했던 힘은, 그녀의 '각'에 있었으니까. 어디서도 본 적 없는 촌스러운 이름도 그러했고, 우리네의 그것과 다를 바 없는 통통한 몸과 친근한 배가 그러했으며, 손가락 욕과 쌍시옷 자를 자유자재로 쓰는 걸걸한 입과 과격한 성격이 그러했다.

보통의 사람들이 모두 그러하듯 한두 살 먹는 나이에 전전긍긍하고, 결혼과 연애에 절절매는 쿨하지 못한 모습도 물론이었다. 그래. 삼순이는 그 모남 덕에, 그 각짐 덕에 사랑받았다.

1909년 프랑스 파리의 상징 에펠탑은 그 흉물스러움을 이유로 철거 위기에 처했었다. 빨간 머리카락에 주근깨가 있는 한 소녀는 까만 머리카락을 가지려고 늘 애썼다. 특유의 수다스러운 성격을 얌전하고 차분하게 바꿔 보고자 노력했다. 그러나 우리는 안다. 파리에는 그 흉물스러운 회색 탑이 존재해야 한다는 걸, 주근깨 소녀 앤은 당연히 빨간 머리여야 하고 또 수다스러워야 한다는 걸.

모난 돌이 정 맞는다고 했다. 하지만 나는 달리 말하고 싶다. 모난 돌이 대접받는다. 각진 돌이 사랑받는다. 그 모남 때문에, 그 각짐 때문에 사랑받는다. 그것 때문에 또 다른 하나인 '어나더 원'이 아니라 세상에 하나밖에 없는 '온리 원'이 된다.

부모님과의 제주 여행을 준비했다. 엄마의 환갑을 맞아서였다. 그리고 나는 4년 만에 똑같은, 그야말로 한 치의 오차도 없이 똑.같.은 실수를 또! 반복했다.

'이게 웬일이지? 왜 이렇게 항공권이 싸지?' 하며 신나게 예매한 항공권은 출발지와 도착지가 뒤바뀌어 있었다. 반대 방향으로 발권된 예약 문자를 받고 나는 어안이 벙벙해지다가 이내 빵 하고 웃음이 터졌다. 거짓말 같은 일에 어이가 없기도 했거니와 오랜 시간이 지났음에도 여전히 덤벙거리는, 실수투성이인 나 자신에게 일말의 존경심이 들기도 했다. 나는 아무 일도 아닌 듯이 항공사에 연락해 빠르게 사태를 수습했다. 이 사실을 친구에게 말했더니 뒤로 넘어갈 듯이 웃었다.

"요새 너 너무 에피소드 없어서 지루했어. 이래야 내 친구지."

친구의 말에 나도 덧붙였다.

"그치? 요새 매력 발산이 좀 뜸했지?"

나는 여전히 어설프고, 칠칠맞고, 실수투성이다. 아직도 뭔가를 늘 잃어버리고 깨부수고 파괴한다. 그러나 이전과 달리 지금의 나는 나의 '각'을 비난하지 않는다. 나의 '모남'을 책망하지 않는다. 그저, 웃고 또 그저 받아들인다. 나는 나의 모남 때문에 '내'가 되니까. 나는 나의 모남 덕분에 사랑받으니까.

일곱 번씩 일흔 번
나를 용서해 봤더니

○ 용서와 치유

나는 나를 위해 기도를 시작했다. 정확히 말하면 기도가 아니라 '빌기', '떼쓰기'에 가까웠다. 사건의 발단으로 거슬러 올라가면 이렇다.

그때쯤 나는 매일을 울음과 비탄과 고통과 죽음에의 의지와 불면의 밤과 싸우고 있었다. 나만 빼고 모든 세상이 행복에 취해 돌아갈 때, 복에 겨워 나풀거릴 때, 그래서 유리창 밖에 오들거리며 서 있는 자신이 그토록 비참하게 여겨질 때, 그리하여 내가 나를 끔찍하게 혐오하고, 진저리치며, 결코 용서하지 못하던 그때, 뜬금없이 정말 뜬금

없이 그곳이 생각났다.

스스로가 참 많이 싫었을 때, 내가 많이도 미워질 때, 도대체 신은 나를 왜 이렇게 만들었을까 원망과 불평, 울분이 새어 나올 때 개인 상담실이라도 되는 양 내가 줄곧 찾았던 곳이 있다. 바로, 성당의 고해성사소이다.

초등학교 3학년쯤, 부모님의 강권에 의해 성당 영성체 교리(가톨릭 성찬식을 위한 예비 과정으로 예수를 모시기 위한 기초 과정을 수료하는 일)를 꾸역꾸역 받았는데, 유일하게 좋았던 점이 있다면 그 갈색 상자에 들어갈 수 있는 입장권을 획득했다는 것이었다.

예전부터 성당에 갈 적마다 나는 그 상자가 몹시도 궁금했다. 그곳은 마치 갈색 원목 재질로 이루어진 공중전화 부스가 두어 개 정도 연결된 곳처럼 보였는데, 성당 미사가 시작되기 30여 분 전부터 사람들은 언제나 그 앞에 줄지어 늘어서 있었다. 더욱 신기한 것은 사람들의 표정이었다. 상자에 들어가기 전 사람들의 얼굴이 어느 정도 긴장과 초조와 다만의 걱정을 안고 있는 모습이었다면, 그곳을 나오는 이들의 낯빛은 불과 몇 분 전의 모습과는 달리 이전에 없던 환한 모습을 하고 있었다.

도대체 저 갈색 나무 상자에서 무슨 일이 일어나는 것인가 궁금하지 않을 수 없었고, 난 그 신비하게 생긴 외관에 더불어 온갖 상상을 붙여 환상을 키워 갔다. 그리고 마침내 나의 때가 왔을 때, 나는 내 이름과 세례명이 쓰인 입장권(고해성사표)을 들고 초조한 마음으로 순번을 기다렸다.

성당에 가서 고해성사를 하다

조심스럽게 상자의 문을 열고 들어서던 순간을 기억한다. 숨도 차마 마음껏 내쉬지 못한 채 한껏 몸을 쪼그리고 나는 그곳에 들어섰다. 등 뒤로 탁 문이 닫히고, 거대한 침묵에 꼬마가 압도되어 한동안 정지 상태로 서 있었을 즈음. 조용한 소리가 얇은 막 너머로 들렸다.

"신의 자비를 굳게 믿으며 그간 지은 죄를 사실대로 고백하세요."

나는 털썩 무릎을 꿇었다. 그리고 말이, 울음이, 어떤 분노와 화가, 지독한 미움, 욕지기가 심장 아래에서 아니 창자 저 아래에서 제멋대로 올라오기 시작했다.

"어제 제 단짝 친구와 싸웠어요. 친구가 저더러 잘난 척이 심하고 재수 없대요. 언니도 그랬어요. 저는 언니와도 자주 싸워요. 1학년 때는 작은 의자를 언니 얼굴에 던지기도 했어요. 피아노 학원도 엄마 몰래 빠졌어요. 그것도 여러 번이나요. 또 사실대로 말하자면 저는 엄마 지갑에서 돈을 훔친 적도 있어요. 저는 체육도 잘 못하고 키도 작아요. 친구도 그렇게 많지 않은 거 같아요. 동생도 자주 괴롭히고, 아빠 말대로 고집도 엄청 세요. 마음속으로는 욕도 자주 하고, 나쁜 짓도 많이 해요. 저는 진짜 엉망진창이에요. 저도 제가 많이 밉고 싫어요."

마치 랩을 하듯 나의 죄와 잘못에 대해 마구 쏟아 냈다. 나는 어린 나이에도 나 자신이 싫었고, 나만 뭔가 잘못된 것 같았다. '다른 사람들은 행복하게 잘 사는데 나는 왜 이럴까' 항상 고민했다. 때문에 스스로의 죄를 고백하고, 스스로에 대한 흠집을 찾아내고, 샅샅이 고발하는 것 따위는 나에게 전혀 어려운 일이 아니었다. 매일 홀로 되뇌는 마음속 이야기였다.

한동안 침묵이 흘렀다. 당황했다. 어쩌자고 그 모든 걸 다 말한 거지? 용서가 불가능한 걸까? '많은 사람들을 만나 봤지만 너는 좀 심하구나. 죄가 깊으니 지옥에 가야겠다'라고 말씀하시려는 걸까? 초조함이 밀려오기 시작했다. 마음이 울렁울렁하고 심장박동도 빨라졌다. 건너편에서 깊은 한숨소리가 들렸다.

"루도비카 자매님…."

"…네."

어쩐지 좀 조심스러운 목소리였다. 뒤이어 떨어질 불호령을 기다리며 나의 어깨는 더욱 움츠러들었다.

"루도비카 자매님 때문에 주님이 슬퍼하세요. 키가 작든, 고집이 세든, 거짓말을 했든, 친구랑 싸웠든 그것 때문에 하느님은 슬퍼하지 않으십니다. 루도비카 자매님이 스스로를 미워하는 걸 하느님은 슬퍼하세요."

엎드려 있던 나는 고개를 들었다. 뭔가 잘못 들었나 싶기도 했다.

"다 용서하셨어요, 그분은. 아니, 어쩌면 그 단어가 필요 없는 분이실지도 모릅니다. 용서 이전에 모든 것을 용서하시는 분이 하느님이시니까요. 그러니까, 자기 자신을 미워하지 마세요. 스스로를 벌주지 마세요. 주님이 용서하신 일을 다시 끄집어내서 괴롭히지 마세요. 자매님은 자유입니다."

그 후에 내가 무어라 말했는지, 성호는 잘 긋고, 아멘은 소리 내어 말했는지 기억나지 않는다. 다만 뭔가에 놀란 사람처럼 비틀거리며 상자 밖을 나왔고, 갑자기 쏟아지는 햇볕에 눈이 조금은 부셨던 것 같다. 그리고 신부님의 마지막 당부의 말이 작은 귓가에 메아리처럼 울렸다.

"용서하세요, 자신을. 그리고 기도하세요. 모든 걱정, 미움, 두려움을, 자매님을 너무도 사랑하시는 그분에게 모조리 털어놓으세요. 그분의 사랑을 느껴 보세요. 저도 자매님을 위해 기도하겠습니다."

갈색 상자 안에서 나올 때 나의 표정은 어떠했을까. 그리고 20년도 더 지난 지금, 나는 왜 뜬금없이 그 갈색 상자가 떠오른 걸까. 며칠을 망설이던 끝에 인적 드문 평일 시간을 노려 나는 집 근처 성당을 찾았다. 아무도 없는 성당 안에서 거대한 십자가상 앞에 조용히 무릎을 꿇었다. 눈물이 났다. 20년이 지났음에도 나는 똑같은 말을 하고 있었던 까닭이었다.

"나는 여전히 내가 싫어요. 아니 오히려 어릴 적 그때보다 더욱 나는 내가 싫어요. 나이 먹고도 이 모양 이 꼴인 내 자신을 용서할 수가 없어요. 스스로조차도 이토록 싫어하는 이 존재를… 정말로 당신은 사랑하시나요? 나를 용서해 주실 건가요?"

한참의 침묵 끝에, 어떠한 대답도 받지 못한 채 발에는 쥐가 나고, 눈물도 콧물도 말라 버려 집으로 돌아가려 일어서려던 찰나, 갑자기 성경의 한 구절이 떠올랐다. 영성체 교리에서 대충 건성으로 외웠던 〈마태복음〉 18장 22절이 기다렸다는 듯이 툭 떠올랐다.

"예수님께서 이르시되 네게 이르노니 일곱 번뿐 아니라 일흔 번까지라도 용서할지니라."

그 구절을 통해 '나는 일곱 번에 일흔 번이라도 영원까지라도 너를 용서한다'라고 내게 말씀해 주시는 것 같았다.

"내내 기다렸다. 내내 사랑했다. 그리고 내내 용서했다. 이전에도 지금도 앞으로도 영원히, 더 이상 용서가 필요하지 않을 만큼."

이런 말들이 마음속에서, 저 깊숙한 어딘가에서 나지막히 들려왔다면 나의 착각이었을까. 멈췄던 눈물이 다시금 문 열린 댐처럼 쏟아지기 시작했다. 아까의 눈물이 짠맛이었다면 이번의 눈물은 많은 부분 단맛이었다.

그 순간을 통해 나는 내가 용서받았음을, 사랑받고 있음을 느꼈다. 또 기도해야겠다는 사실도 자각했다. 성당이든, 고해성사소이든, 내 침실이든 어느 곳에서든지 나는 나를 한없이 아껴 줄 누군가에게 달려가 푹 쉬어야 할 시간이 필요하다는 것을 깨달았다.

힘겨운 하루의 끝에서 잠자리에 들기 전, 나는 침대 맡의 초를 밝힌다. 유난히 마음이 힘들고, 또 삶이 어려울 때도 나는 가만히 방문을 닫고 무릎을 꿇는다. 사람이 싫어지고, 내가 싫어질 때도 나는 손을 모은다. 모든 기도가 고요하고 평화롭지는 않았다.

어느 날은 소리를 치며 바락바락 소리쳤고, 또 어떤 날은 울며불며 매달렸다. 또 다른 날은 간과 쓸개를 내놓은 사람처럼 애걸복걸했으며, 또 다음 날이 되어서는 행복에 겨운 웃음으로 실실거렸다. 조울

중에 걸린 사람처럼 울고 웃었으며, 분노 조절 장애 환자처럼 격노했고, 또 갑자기는 모든 시름을 잊은 도인처럼 평화 속에 있었다.

그러나 그 모든 가운데에는 사랑이 있었다. 어떤 모습이어도 나를 사랑하신다는 어떤 존재에 대한 믿음, 어떤 행동을 해도 나를 용서하실 것이라는 어떤 존재에 대한 든든함. 그것이 나를 자유롭게 무엇이든 하게 했다.

"스스로를 미워하지 마라. 스스로를 죄인 취급하지 마. 나는 너의 어떤 것도 다 좋으니, 용서하고 사랑해라. 사람들과 삶을, 무엇보다 너 자신을."

나는 이제 나를 용서한다. 성경에서 말했듯 일곱 번씩 일흔 번이라도. 새 원피스에 커피를 쏟을 때도, 일을 망칠 때도, 얼굴이 못생겨 보일 때도, 사고를 칠 때도, 살이 쪄 입던 옷들이 다 맞지 않을 때도, 나는 용서할 것이다. 애인에게 차이더라도, 통장 잔고가 바닥으로 향하더라도, 그간 하던 작업들이 모두 물거품이 된대도, 외톨이로 삶을 마감한대도. 나는 툭툭 털고 말할 것이다. 어쩌면 이를 악물고 말할지도 모르겠다.

"괜찮아. 그럴 수도 있지. 그럼에도 나는 결코 너를 미워하지 않을 거야."

너무 잘하려 하지 말고
가볍게, 응?

○ 홀가분해지기

길거리를 지나다 우연히 바람에 실려 온 그의 음성을 들었다. 찰나의 순간에도 나는 그 목소리의 주인을 알았고, 붙박은 듯 그 자리에 멈춰 섰다. 그렇게 한참이나 나는 그대로 서서 가만히 숨을 죽였다.

♪흔들리는 꽃들 속에서 네 샴푸향이 느껴진 거야

스쳐 지나간 건가 뒤돌아보지만 그냥 사람들만 보이는 거야♬

오랜만이었다. 9년 전, 멍하니 앉아 지친 몸과 마음을 그의 노래로 달랜 후 아마 처음이었다. 그간 그는 꽤 많은 신상의 변화를 겪었다. 유부남으로, 아빠로, 군인에서 민간인으로. 팀으로 발매하던 앨범도 어느덧 그의 이름 세 글자 '장범준'으로 단출해져 있었다. 그럼에도 그의 목소리는 여전했다. 가만가만 읊조리듯 노래하는 방식도, 담담하게 전하는 가사도.

삶이 무겁고 버겁게 느껴질 때가 있다. 그 무게에 짓눌려 숨이 턱턱 막혀 올 때가 있다. 한걸음 내딛기는커녕, 그저 숨을 들이쉬고 내쉬는 것이 힘겨울 때가 있다. 그때 그의 음악을 들었다. 그룹 '버스커 버스커'는 대단한 기교와 소름 끼치는 고음의 가창력 없이, 화려한 홍보 없이, 프로다운 느낌 없이 음원 순위 상위권에 턱 하고 안착했었다. 아니 오히려 그들의 음악은 날것 그대로 투박했고 시대에 뒤떨어진 듯 조금은 촌스러웠으나 그 투박함과 촌스러움, 쭉 힘을 뺀 가벼움이 그들을 돋보이게 했다.

잘하려고 애쓰지도 않았고 멋지게 보이려 뭔가를 덕지덕지 덧붙이지도 않았다. 그들은 자신들만의 매력으로 봄 캐롤의 제왕이 되었고, 막대한 음원 수익을 올렸다. 그렇게 오랜만에 들려온 장범준의 목소리를 들으며 나는 한 단어가 떠올랐다.

'가벼움.'

몇 년 전, 나의 멘토가 내게 요구했던 단 하나의 과제이기도 했다.

"무거워. 너무 무거워."

영원과도 같은 침묵 끝에 그녀는 입을 뗐다. 당시, 나는 드라마 보조작가로 일하며 메인작가님께 개인 작업물에 대한 피드백을 받을 기회가 있었다. 초조한 마음으로 입술을 깨물고 평을 기다리고 있던 나는 뜻밖의 첫마디에 당황했다.

"글에도 감정이 있는 거 알지? 내용이 어둡든 밝든 그게 문제가 아니야. 즐기면서 신나게 썼는지가 중요하지. 네가 쓴 대본은 숙제한 거 같아. 잘하려고, 100점 받겠다고 꾸역꾸역 힘들게 한 숙제."

극 스토리는 흥미진진한지, 갈등 요소와 긴장감은 충분한지, 캐릭터의 개성이 뚜렷하고 등장인물 간의 관계 설정은 촘촘한지 등등 디테일한 조언을 기대한 나는, 예상 밖의 피드백에 할 말을 찾지 못하고 눈알만 데굴데굴 굴렸다. 그러거나 말거나 그녀는 더 말할 것도 없다는 듯 툭 마지막 잽을 날렸다.

"좀 더 가벼워져 봐. 슬렁슬렁."

허탈했다. 어지러웠다. '가볍게 쓰라고? 즐겁게 쓰라고? 슬렁슬렁? 말도 안 되는 소리야.'

이해할 수 없었다. 이미 다 가진 자(?)만이 할 수 있는 말 같았다.

"어깨에 힘을 빼고 해요. 잘하려고 하지 말고. 대충 툭 던지듯이 그냥 불러 봐요."

그녀는 가요 오디션 프로그램에서 늘 '공기 반 소리 반'이라는 아리송한 주문을 하는 한 심사위원 같았고, 나는 그의 조언을 듣고 멍하니 서 있는 어리숙한 참가자 같았다. 알다가도 모를 그 조언에 나는 갸우뚱한 채 오랫동안 방황했다.

그리고 지금, 나는 장범준의 노래를 들으며 그때 그 조언을 떠올렸다. 이전의 아리송하던 얼굴과 달리 이제는 이해된다는 듯 고개도 어느 정도 끄덕거리면서.

애쓰지 않고 편안하게 즐길 줄 아는 태도

'라곰(lagom)'은 스웨덴어로 '충분한', '딱 알맞은'이라는 뜻이다. 이 말은 '소박한', '무겁지 않은', '적당한'의 정신을 실천하는 그들의 라이프 스타일을 그대로 보여 주는 단어다. 이와 비슷한 단어로 프랑스에는 '오캄(au calme)', 덴마크에는 '휘게(hygge)'가 있다.

우리나라에 이와 비슷한 말이 무엇이 있을까 한참 고민했다. 그러다 발견한 것이, '그냥'이었다. 애쓰지 않고, 지나치게 심각하지 않고, 담담하게 소박하게 지금을 즐기는 그냥.

장범준의 음악을 들으며, 그가 노래하는 모습을 보며 편안함을 느꼈던 것은 '그냥'의 가벼움을 맛봤기 때문일 것이다. 치열하고 고되며 너무나도 빠르게 흘러가는 작금의 시대에 그것은 그 자체로 위로가 되어 주니까. 나는 그의 노래를 듣고, 그제야 작가님의 이야기들이 하나둘 떠올랐다.

"너무 심각하지 마. 그러지 않아도 돼. 잘 쓰고 싶겠지. 완벽하고 싶고, 더 없이 훌륭한 작품을 창작하고 싶겠지. 근데 때로는 그 열심이, 그 지나친 압박감이 작품에 독이 돼. 그 마음이 고스란히 묻어나거든. 그 무거움이 보는 이들에게도 그대로 전해지거든. 그러니 이제 잘하려고 하지 말고 즐겁게 써 봐. 가벼운 마음으로 재미있게. 응?"

세계적으로 명성이 자자한 동화 《행복한 왕자》의 저자 오스카 와일드는 "삶은 심각하기엔 너무 중요한 것"이라고 말했다.

책의 인세 수익만으로 세계 최고의 부호가 된 《해리포터》 시리즈의 작가 조앤 롤링은 "나는 아이들을 위해, 대중을 위해 이 책을 쓰지 않았습니다. 나는 오로지 나 자신을 위해, 내가 재미있어 하는 이야기를 즐겁게 썼을 뿐이지요"라고 말했다.

심지어 공자님도 "지식이 있는 자는 좋아하는 자만 못하고, 좋아하는 자는 즐기는 자만 못하다"고 말했다.

저마다 각자의 삶의 무게에 짓눌려 목과 어깨 결림, 디스크, 신경성 위궤양. 습관성 두통과 고질적인 악성 변비를 달고 산다. 두 어깨로 세상의 하늘을 떠받치고 사는 신화 속 거인처럼 하루하루를 겨우 살아 내고 있다. 그래서 우리는 조금 더 노력하기보다, 조금 더 달리기보다, 좀 더 가벼워져야 할지 모르겠다. 조금은 덜 심각해야 할지 모르겠다. 조금은 덜 걱정하고 조금은 덜 근심해야 할지도. 더 나아가기 위한 노력보다 '그냥'을 노력해야 할지 모른다.

다사다난한 20대를 보내면서, 호락호락하지 않은 30대 초반을 거치면서 내가 깨달은 게 있다. 너무 무거운 것은 존재를 짓누르고, 그게 무엇이든 스스로를 다치게 한다는 것이다.

'이 사람이 아니면 안 돼. 그 사람 없인 난 못 살아.'

'이 길로 가지 못할 바에 죽어 버릴 거야.'

'내가 죽는 한이 있어도 기필코 그걸 가지고야 말겠어.'

그것이 사랑, 소망, 꿈, 목표 등의 아주 반짝반짝한 이름을 가지고 있다고 해도 말이다. 나는 이제 너무 간절했던 것들은 떠나보냈다. 지나치게 필사적으로 추구하며 스스로를 갉아먹던 소망은, 사랑은, 관계는 내 곁을 떠났다. 그것들은 내게 너무나 무거워서 숨이 턱턱 막히게 했고, 심장 가운데를 잔인하게도 짓이겼으며, 가뜩이나 연약한 무릎을 인정사정없이 꿇렸으니까.

　장범준의 음악을 들으며 나는 행복했다. 그 산뜻하고 담백한 소리에 귀와 마음이 즐거웠다. 무엇보다 현재 삶의 무게에 더없이 만족스러웠다. 가볍고 깔끔한 지금 이 상태가. 나는 여전히 많은 소망과 관계와 사랑을 가지고 있으나 과거와 달리 그것들은 이제 나의 삶을 무겁게 만들지 않는다. 나는 가볍게 흔들리기로 했다. 그냥 그대로 좋기로 했다. 그냥 지금 그대로.

4장

죽지 않고
살아 있어 줘서 고마워

비우면 비울수록
풍성해지는 아이러니

∘ 빼기

"이제 뭘 더 어떻게 해야 할지 모르겠다. 돌아 버릴 거 같아."

후배는 연신 애꿎은 소주잔만 들이켰다. 그도 그럴 것이 녀석은 벌써 6개월째 그녀의 마음을 얻기 위해 온갖 짓을 다했기 때문이다. 야근과 회식 후에 달려가 대리 기사 노릇을 했고, 기분이 안 좋거나 속상한 일이 있으면 심리상담사이자 개그맨이 되어 줬다. 철마다 맛있는 음식과 선물을 챙기며 그녀의 마음을 얻기 위해 애썼다.

그렇게 절치부심의 정성을 다 쏟았는데도 그녀는 아직 마음을 열지 않았다. 자신의 마음에 분명한 확신이 들지 않는다고 말하며 미안하다고만 할 뿐이었다. 도무지 뭘 더 해야 할지 모르겠다며 한숨을 쉬는 녀석의 소주잔을 확 빼앗고는 나는 말했다.

"아무것도 하지 마, 지금부터. 아무것도!"

세상에는 이해할 수 없는 일들이 참 많지만 그중에서 가장 의아한 일이 있다면, 미팅에 나가 분위기를 띄운 남자는 단 한 표의 호감 표시도 받지 못한다는 것이다. 몰표를 받는 놈은 언제나 그 옆에서 묵묵히 앉아 있는 그의 친구다.

남자 친구를 위해 도시락도 싸 주고 약도 챙겨 주고 자취방도 청소해 주는 헌신녀는 늘 너덜너덜한 헌신짝이 된다. 그리고 그 남자는 그저 해맑은, 손이 가도 너무 가는 '나는 아무것도 못해요' 하는 타입의 여자에게 간과 쓸개를 내어 준다.

옷은 사면 살수록 어쩐지 더 입을 것이 없어지는 것만 같다. 치킨, 떡볶이, 족발, 자장면 등으로 배를 채워 보지만 이상하게 마음은 더 헛헛해지고 기분만 나빠진다. 어디 그뿐일까. 예뻐지고 싶은 마음에 눈부터 코, 이마, 턱, 입꼬리, 얼굴형까지 손을 대지만 시간이 갈수록 아름다움이 아닌 부담스러움만 증폭된다.

과한 것은 부족한 것만 못하다 했던가. 알록달록 진하고 과한 메이크업은 산뜻한 쌩얼만 못하고, 마음을 얻기 위해 애쓰는 구애는 노력이 더해질수록 부자연스럽게 변한다. '부족해', '조금만 더', '조금 더'를 외치는 노력은 공허한 메아리가 되어 어딘지 모르게 점점 더 애처로워지며 어느덧 별안간 초라해지고 만다.

최근 미니멀 라이프 열풍이 불고 있다. 최다, 최대를 추구하던 삶에 지친 맥시멀리스트들이 가진 것을 하나둘씩 허물 벗듯 덜어 내기 시작했다.

옷장의 옷을 유행 타지 않는 베이직한 아이템들로만 정리하고, 심플한 코트와 재킷을 걸쳐 사계절의 패션을 완성한다. 구두나 가방 역시 어느 때와 장소든 크게 구애받지 않는 클래식한 스타일로 구비해 짐을 최소화한다. 깔끔하게 정리된 새 옷장은 오히려 그 사람의 맵시를 살려 주는 동시에 여러 가지 방향들로 산발적이던 패션을 특유의 분위기로, 자기만의 확고한 스타일을 가진 사람으로 만들어 주기에 이른다.

비단 패션뿐일까. 생활용품 샵으로 잘 알려진 '무인양품', 일명 '무지'는 네이밍부터 시작해 디자인, 기능까지 군더더기를 뺀 뺄셈의 브랜드로 유명하다. 다른 여러 경쟁사들이 더 새로운 무엇을 더하고자 고민하던 때에 무지는 무엇을 더 뺄 수 있을까, 더 없앨 수 있을까, 더 단순하게 만들까를 고민했다. 빼다 못해 브랜드 이름조차 무지가 되어 버린 회사는 일본의 국민 브랜드가 되었고, 해외에서도 특유의 마니아층을 확보하며 이름값을 톡톡히 해냈다.

모든 영역에 적용되는 빼기 사고방식

이러한 빼기 열풍은 '몸'의 영역에도 어김없이 불어 닥쳐서 한동안 '디톡스'와 '간헐적 단식', '1일 1식'의 키워드가 사람들의 입에 연일 오르내리기도 했다. 나 역시 이 열풍에 동참했다.

내 미니멀 라이프의 첫 영역은 바로 '생각'이었다. 생각을 줄이고 빼는 연습으로, 명상을 시작했다. 쉽게 생각했다. 숨에 집중했다. 그것보다 간단한 일은 없다고 자신했다. 하지만 내 생각은 틀렸다. 인터넷 동영상의 도움을 받아 시도해 본 첫 명상은, 아무것도 하지 말고 숨만 쉬라고 하는데, 그냥 어떤 노력도 없이 생각을 비우고 편히 있으면 된다고 하는데 웬걸, 너무 어려웠다. 말하자면 이런 식이었다.

'들숨… 날숨… 들숨… 날… 근데 이거 제대로 되고 있는 거야? 인터넷으로 하는 거 말고, 명상 요가 이런 걸 가르치는 데 가서 배우는 게 낫나? 딴 생각하지 말랬지… 들숨… 날숨… 들… 엉덩이가 너무 아픈데… 방석을 좀 가져오는 게 좋겠어. 동영상도 다른 걸 좀 찾아

볼까. 저 사람 목소리 거슬리네… 아 집중! 들숨… 도대체 얼마나 해야 되는 거지?'

30분간을 그렇게 틈만 나면 여기저기로 달아나는 생각과 사투를 벌였다. 생각이라는 건, 도대체가 잡히지 않는 날쌘 원숭이 같아서 잡았다 싶으면 이 나무로, 거의 손에 닿았다 싶으면 저 나무로 휙휙 잘도 넘어 다녔다. 가만히 앉아 숨에만 집중하면 된다는 명상 30분이 나에게는 꽤나 어려운 일이었다.

몸의 '빼기'도 함께 시작했다. 일주일에 한 번 하루를 굶어 봤다. 평소에도 위가 좋지 않아 자주 체하고 두통까지 합병증처럼 달고 사는 나에게, 몸속 노폐물을 빼고 소화 작용을 돕는 데 단식이 도움이 될 거라는 조언을 들었기 때문이다.

물론 제대로 단식을 행하는 사람들에게는 코웃음 칠 정도의 수치와 기간이지만, 일주일에 두 번은 매운 떡볶이를 배 터지게 먹고 극도의 매움을 중화시키듯 극도의 단것을 연이어 입속으로 넣어 대는 식습관을 가진 내게 그것은 그야말로 극기에 가까운 행위였다.

아침 점심까지는 그럭저럭 버틸 수 있었다. 늦은 오후쯤에 이르면 배에서 꼬르륵 소리가 요란했고, 머리는 핑핑 돌 듯 어지러웠다. 주린 배를 잡고 일부러 일찍 잠자리에 들어도 잠이 오지 않았다.

'내일 아침에 일어나자마자 냉장고로 달려가리라. 냉동 피자, 핫도 그, 양념 막창까지 다 먹으리라.'

그렇게 마음으로 결단하고 일용할 먹을거리를 리스트로 읊어 가 며, 자는 둥 마는 둥 배고픔과 씨름하는 밤을 보냈다.

다음 날 아침에 번쩍 눈이 떠졌다. 벌떡 일어나서 냉장고로 가려던 찰나, 가벼운 몸에 놀랐다. 처음엔 기분 탓인가 싶었지만, 늘 아침에 일어나면 어딘가 찌뿌둥하고, 어깨는 결리고, 몸이 둔하게 무거웠는 데 그런 느낌이 없었다. 속은 편안했고, 몸은 어쩐지 매끈했다. 먹은 것도 없는데 화장실도 시원하게 갔다 왔고, 물을 한 잔 시원하게 들이 켜니 무언가로 배를 채우고 싶다는 마음도 전혀 들지 않았다.

그리고 체중계에 올랐을 때, 눈앞에 찍힌 숫자를 보고 미소 지었다. 실로 오랜만에 보는 숫자였다. 단 하루의 단식이었는데, 탄수화물과 산화 지방, 나트륨, 당분으로부터 자유로워진 몸이 행복한 안식일을 즐기고 있다는 것을 어렴풋이 느꼈다. 나는 냉장고를 열어 피자와 인 스턴트 막창을 꺼내기를 그만두고 성성한 토마토를 꺼냈다.

한 3주쯤 지났을까. '이걸 왜 해야 하지?' 하는 생각만 들던 명상도, 어느새 자리에 앉아 양반다리를 하고 나면 암막 블라인드를 내린 듯 편안히 지하 암반으로 가라앉기 시작했다. 어지럽고 산란하던 마음 들은 자신들의 노력이 무용하다는 것을 깨달았는지 천천히 목소리를 낮췄다. 드디어 나는 나의 호흡, 들숨과 날숨에 집중하며 아래로 침묵 속으로 나아갔다.

이윽고 어느 순간, 정말 아무런 생각이 없는 100퍼센트 순도의 침묵의 땅으로 발을 내딛었을 때, 나는 전율했다. 경이로운 고요함이었고, 전에 없는 평온함이었다. 더하고 더하던 플러스의 세계에서 방향을 휙 바꿔 빼고 또 뺀 자만이 밟을 수 있는 찬란하고 아름다운 성지였다.

비움의 시간으로 삶을 채우다

요즈음 나는 매일 아침을 고독의 시간으로 연다. 가만히 앉아 아무것도 하지 않는다. 어지러운 생각을 가라앉히고, 그저 고요히 나와 앉아 있는다. 이리저리 돌아다니고, 무언가를 하고, 기웃거리고, 수집하고, 핸드폰을 하고, 기사를 보는 등의 모든 더하는 행위를 멈추고, 가만히 뺄셈을 한다.

비움의 시간으로 삶을 채운다. 아침 명상을 하고는 열두 시간 이상을 비워 둔 위장을 따뜻한 꿀차로 데운다. 깨끗한 도화지 같은 순결한 위는 적은 양의 꿀에도 그 달콤함을 한껏 빨아들이며 음미한다.

진득한 천연 꿀의 향과 맛, 풍미를 온전히 만끽하며 호로록거리는 시간은 내게 휴식 그 자체다. 물론 두둑하던 뱃살과 팔뚝 살도 절로 그 무게를 덜어 체중계에 올라가는 것이 더 이상 주저되지 않는 것도 큰 기쁨 중 하나다.

"더하지 않고 뺄 때 나만의 글이 나온다."

소설가 무라카미 하루키는 자신의 글쓰기 비법을 묻는 질문에 위와 같이 답했다. 이쯤 하면 뺄셈은 그 어떤 것보다 강력한 플러스의 무엇인지 모르겠다. 늘 체하던 더부룩한 속 대신 편안한 위장과 날씬해진 팔뚝으로, 물건들이 빼곡히 들어차 정신없고 좁아 보이는 집에서 한층 넓고 쾌적한 나만의 공간으로, 잎만 무성한 관계가 아닌 마음에 꼭 맞는 단정하고 알찬 인간관계로 내 삶이 변했던 것처럼.

거기다 비움은 온갖 잡념과 걱정, 상념들로 두통까지 앓곤 하던 마음에서 지금 이 순간 하나의 숨에 오롯이 집중하게 하는 깨끗하고 편안한 백지 같은 매끈함까지 가져다줬다.

최고의 성형은 다이어트라는 만고불변의 진리처럼, 삶에도 최고의 변주는 다이어트라는 사실을 나는 이제 안다. 배 둘레에 붙은 두툼한 그것뿐만 아니라 우리 삶을 뚱뚱하게 만드는 진짜 뱃살을 빼야 한다는 것도. 뒤룩뒤룩한 인생의 지방들은 우리를 둔하고 어리석게 만들어 그 무게와 부피에 스스로 짓눌려 기진맥진하게 만드니까.

그 후배 녀석은 그 후로 한 달 동안 그녀에게 연락하지 않았다고 했다. 그녀의 연락에 일절 대꾸하지 않고 꾹 참았다고 했다. 그렇게 녀석은 철저히 자신의 마음과 감정을 디톡스 했다. 그로부터 얼마 뒤 그녀에게서 "네가 없으니까. 그제야 소중함을 깨달았어"라고 고백을 받았다고 했다. 참, 빼기는 때로는 (혹은 아주 많은 순간에) 더하기가 되는 것 같다. 긁지 않은 복권처럼.

가까이 있을 때는
몰랐던 것들

○ 거리두기

나도 몰래 눈가가 촉촉해졌다. 분명히 경쾌한 여름 댄스곡을 듣고 있는데 올라간 입꼬리가 무색하게 눈자위는 시큰 붉어졌다. 알 수 없는 이 현상은 나에게만 국한된 것은 아니었던지 옆에서 함께 티브이를 보고 있던 언니도, 심지어 노래를 부르며 춤을 추는 그 가수들까지도 연신 울컥 북받치는 마음을 애써 누르며 터져 나오려는 울음을 참는 듯했다.

"저는 수학 문제를 풀 때 싹쓰리 노래를 들어서 신나요. 그런데 우리 엄마는 그 시절을 생각하면 눈물이 난다는 거예요. 저는 이해가 잘 안 가요. 그때 그 시절은 어떤 시절인가요?"

레트로 열풍이 한창이다. 몇 년 전부터 〈응답하라〉 시리즈가 메가히트를 기록하더니, 곧 〈슈가맨〉, 〈토요일! 토요일은 가수다〉와 같은 프로그램으로 90년대 추억의 가수들이 다시 브라운관에 등장하기 시작했다. 2000년에 해체되었던 젝스키스는 무려 16년의 공백을 깨고 재결합해 현역 아이돌과 어깨를 나란히 하며 활발한 활동을 이어가고 있다. 비슷한 시기에 해체했던 90년대 대표 아이돌 H.O.T의 17년만의 콘서트 티켓은 오픈 7분 만에 잠실 주경기장 양일 8만 석이 모두 매진됐다.

2020년 여름. 전례 없는 전염병 코로나로, 끝없는 거리두기로 모두가 지치고 힘들어하고 있을 즈음, 우리는 싹쓰리를 만났다. 90년대, 2000년대를 주름잡던 두 가수(이효리, 비)와 개그맨(유재석)이 오랜만에 만나 첫인사를 나누면서 이야기는 시작됐다.

♪나 다시 또 설레어 이렇게 너를 만나서
함께 하고 있는 지금 이 공기가
다시는 널 볼 순 없을 거라고
추억일 뿐이라 서랍 속에 꼭 넣어뒀는데

이효리가 작사한 이 노래의 후렴구에서 세 멤버가 함께 노래하며
합동 안무를 보이는 그 순간, 어느덧 40대에 접어든 그들이 모래사장
에서 어린아이처럼 뛰노는 모습을 보는 순간, 나란히 앉아서 "지금
이 순간도 나중이 되면 그리워지겠지?"라고 말하는 걸 들은 순간, 나
는 그만 눈물샘이 터지고 말았다.

그리웠다. 콕 집어 말할 수 없는 무엇인지 모를 무언가. 입가에
맴돌며 손에 잡힐 듯 잡히지 않는 몹시도 소중한 무엇이. 아주 오랜
시간을 돌고 돌아 불현듯 눈앞에 나타난 것만 같았다. 그때의 추억,
그 순간의 공기, 그 시절의 사람들. 모든 것이 찬란하게 빛나던 그때
가, 그 당시의 내 모습이 그리워서 나는 눈물이 났다.

거리를 둘 때 더 아름다워지는 것들

모든 과거는 아름답다. 모든 현재는 괴로움이고 고난의 연속일지
라도 그것이 과거가 되는 순간 아름다워진다. 찰리 채플린은 "인생은

멀리서 보면 희극이고 가까이서 보면 비극이라"고 했다. 어쩌면 아름다움은 그 자체의 것만이 아닌 거리두기의 문제일지도 모르겠다. 아무리 좋고 달콤한 것이라도 그것과 나 사이에 어떤 거리도 존재하지 않을 때, 우리는 그것이 무엇이든 간에 그 대상을 떨어뜨리려 안간힘을 쓸 테니까.

서로가 서로에게 거울과도 같은 존재인 쌍둥이들 역시, 둘이 하나인 듯 붙어 샴쌍둥이로 태어나면 목숨을 걸고서라도 서로의 독립성을 유지하기 위해 분리 수술을 행하고야 마니까. 그래서 서로 간의 적절한 거리는 서로의 사랑을 돈독하게 하고 존재를 더욱 아름답게 보이게 하니까. 칼릴 지브란의 시 〈함께 있되 거리를 두라〉처럼.

함께 있되 거리를 두라
그래서 하늘 바람이 너희 사이에서 춤추게 하라
서로 사랑하라
그러나 사랑으로 구속하지 말라
그보다 너희 혼과 혼의 두 언덕 사이에
출렁이는 바다를 놓아 두라 (…)
함께 노래하고 춤추고 즐거워하되
서로를 혼자 있게 하라
마치 현악기의 줄들이 하나의 음악을 울릴지라도

줄은 서로 혼자이듯이

서로 가슴을 주라

그러나 서로의 가슴속에 묶어 두지는 말라 (…)

함께 서 있으라

그러나 너무 가까이 서 있지는 말라

사원의 기둥들도 서로 떨어져 있고

참나무와 삼나무는 서로의 그늘 속에서

자랄 수 없다

몇 년 전, 친한 친구와 해외여행을 간 적이 있다. 20년 가까운 시간을 함께 보냈고 여러 희로애락과 곡절을 함께 겪은 탓에 서로에 대해 누구보다 잘 알고, 누구보다 잘 이해하는 그런 친구였다. 해외여행을 한 번도 같이 간 적은 없어서 오래도록 계획만 하다 마침내 동반 항공권 티켓을 끊었다.

달리 걱정할 것은 없었다. 기간이 조금 더 길어지고, 장소만 해외로 변경되었을 뿐 그간 국내 여행을 여럿 함께했었고 내내 참 좋았었기에 이번에도 그러할 것이라 생각했다. 예상대로였다. 참 좋았다. 하루, 이틀, 그리고 사흘 정도는.

하지만 시간이 점점 늘어날수록 나는 어딘가 모르게 조금 예민해졌다. 매번 끼니를 상의해야 하는 일도, 어디를 갈지 무엇을 할지 늘

의견을 조율해야 하는 일도, 아름다운 경치를 볼 때, 새로운 무언가를 접할 때 빨리 가자고, 다음 일정을 재촉하는 친구의 말투도.

무엇보다 혼자 일기를 쓰고, 감상을 정리하고, 생각에 잠기는 시간이 전혀 없는 빡빡한 '사이 없음'의 무게가. 타인과 빈틈없이 24시간을 온전히 붙어 있어야 하는 밀도가. 당연하게도 나의 그 소리 없는 불평은 친구에게도 고스란히 전달되어 우리는 얼마간 어색해졌다.

"우리 오늘은 각자 여행하고 저녁에 레스토랑에서 만날까?"

친구의 제안에 별말 없이 내가 고개를 끄덕인 것도 아마 그래서일 테다. 우리는 며칠 만에 서로에게서 떨어져 혼자만의 시간을, 각각의 거리두기의 시간을 가졌다. 참 좋았다. 둘이서 미주알고주알 수다를 떨며 여행하던 시간들이 좋았듯, 홀로 떨어져 유유자적 여행하는 시간들도.

나는 내내 아무 일정 없이 거리를 쏘다니고, 근처 카페테라스에 앉아 지나다니는 사람들을 구경했다. 동그랗게 햇살이 비추는 테이블에 앉아 사발만 한 커피 잔에 담겨 나오는 카페오레를 휘저으며 찰나의 감회도 노트에 적었다. 산책 중에 마주한 아마추어의 거리 마술 공연을 한참이나 서서 구경했고, 그냥 눈에 띄는 골목으로 들어갔다 발견한 작은 성당에서 작은 초를 봉헌하고 기도를 드리는 행운도 누렸다.

그렇게 얼마간의 시간을 보낸 나는 쌩쌩하게 기운이 회복되어 친구와의 저녁 약속 장소로 향했다. 놀랍게도 그것은 친구 역시 마찬가지였다. 그녀도 전보다 발그레하게 상기된 얼굴이 되어 자신의 여행기를 신나게 늘어놓았다. 행복한 표정으로 조잘조잘 이야기하는 그녀의 모습을 보니 나도 그만 행복해졌다. 우리는 한나절 동안의 성공적인 거리두기⑺를 자축하며 흥겨운 와인 파티를 벌였다.

내 문제에 너무 집중하지 않기

유튜브에서 본 어느 심리학자의 인터뷰든, 추천받아 읽기 시작한 책이든, 근래 배우고 있는 요가 수업이든, 텔레비전에서 매일 같이 접하는 뉴스든 요사이 모두 짠 것처럼 한 목소리로 '거리두기'를 외치고 있다. 때와 장소에 따라 '멀리 떨어져 감정 바라보기', '관찰자가 되기' 등 서로 다른 이야기를 하는 것 같았지만, 결국 하나였다. 거리를 둘 것, 조금 떨어져서 볼 것.

사실 이는 의식하든 하지 않든 우리가 다들 잘 알고 있는 개념인데, 갈등이 심각해지는 연인 사이에서, 논쟁이 벌어지고 있는 토론 자리에서, 투자한 시간에 비해 결과물이 지지부진한 아이디어 회의에서,

중요한 프로젝트 발표를 앞두고 긴장감이 역력한 동료에게 대개 다음과 같이 말하곤 한다.

"잠깐, 잠깐만. 우리 잠깐만 시간을 가지고 나서 얘기하자."

"지금 분위기가 과열된 거 같으니까. 브레이크 타임을 가집시다."

"회의한 내용들 가지고, 각자 더 생각해 보고 다시 모입시다."

종류와 계통을 막론하고 어떤 문제든, 그 속에 깊이 빠져 있는 사람에게 그곳에서 잠깐 빠져나올 시간을 주는 것은 사건 해결에 도움이 된다. 여행을 한다거나, 산책을 한다거나. 하다못해 커피 한 잔을 마시는 여유라도 말이다.

감정도 마찬가지다. 감정과 자기 자신을 얼마나 잘 분리시킬 수 있는가는 얼마간 정신적 성숙의 척도가 되기도 한다. 모르긴 몰라도 (감정과 존재의 거리두기를 하지 못해) 기분이 곧잘 태도가 되는 한 사람 때문에 주변인들이 얼마나 정신적 스트레스에 시달리는지 다들 한 번쯤은 겪어 보지 않았는가.

이러한 건강한 거리두기를 심리학자들은 '생각 위의 생각' 혹은 '메타인지'라고 불렀고, 영성가와 철학자들은 '지켜보기 효과', '알아차림'이라 지칭했으며, 물리학자들은 '관찰자 효과'라 일컬으며 장려했다.

또 부재라는 묘약이 연인 사이에 간간이 놓여 있을 때, 사랑이 더욱 깊어지는 것과 같이 일정한 거리는, 얼마간의 떨어짐은, 다소의 분리는 관계를 아름답게 만든다.

고민과 불안이 줄곧 이어지는 시국이다. 나는 번뜩 정신을 차리고 숨을 크게 들이마신다. 그리고 찬찬히 거리를 둔다. 나의 고민과, 나의 불안과, 나의 거친 생각들과. 한 뼘 두 뼘 세 뼘… 그리고 천천히 날숨을 쉬며 말한다.

"조금만 더 떨어지자, 우리."

또한 생각한다. 1년 전에 내가 그토록 고민하던 그것, 3년 전에 죽도록 힘들어하던 그 일. 5년 전, 10년 전. 그 많은 일들을… 그리고 그 모든 심각한 문제들이 아무 흔적도 없이 사라졌음을, 나는 죽을 듯 고민했으나 결국 다 잘 지나갔음을 본다. 고통스럽고 괴로웠던 순간이 아름답게 반짝이며 보이는 것을 멀리서 바라본다.

2021년, 코로나로 인한 거리두기를 한 지 1년 하고 몇 개월째. 그럼에도 불구하고 여전히 거리두기는 쉽지 않다. 좋아하는 사람들을 만나 이야기하고, 함께 손잡고 껴안고 침 튀겨가며 이야기하던 시절이 그립다.

그러나 때때로 생각한다. 지금의 이 '떨어짐'의 시간이 없었다면 우리는 우리가 가지고 있던 것들이, 우리가 아무렇지 않게 누리고 있던 것들이 얼마나 아름다운 것인지, 얼마나 소중하고 귀한 순간들인지 영영 알 수 없었을 거라고.

청춘이 자신의 시절이 얼마나 빛나는지 당시에는 결코 알지 못하듯이. 나이가 먹고 중년이 되어서야 돌이켜 아프도록 그 시절을 그리워하듯, 그렇게도 지지고 볶고 싸우며 서로를 헐뜯던 지난 연애가 이제와 참 예뻤다, 참 고마웠다 추억하게 되는 것처럼.

그렇게 우리는 때때로 내 삶의 문제들에게도 얼마간의 거리를 두고, 때때로 지나치게 가까운 나의 사람들에게도 거리를 둬야 한다. 그럴 때 존재는 비로소 상황을 제대로 바라볼 수 있고, 여유를 가지고 문제에 함몰되지 않으며, 스스로를 위험한 상황으로부터 지켜 낼 수 있으며 또한 아름다운 관계를 유지할 수 있으니까. 그렇게 얼마간의 거리는 우리를 마스크만큼 든든히 지켜 줄 것이다.

그리고 나는 확실히 말할 수 있다. 이 모든 것은 지나간다고, 우리는 결국 해피엔딩을 맞을 것이라고. 아름다운 과거가 언제나 늘 그러했듯이.

어차피 내가
해결할 수 없는 일이라면

∘ 믿고 맡기기

결과를 기다리고 있었다. 길지도 않은 손톱은 반복해 물어뜯어 살이 빨갛게 올라와 보일 정도였다. 속이 울렁거렸고, 심장은 제멋대로 날뛰고 있었다. 가만히 앉아 있을 수가 없어 작은 방을 서성이며 안절부절못했다. 오늘 내일쯤 연락이 올 거 같은데, 괜히 핸드폰만 봤다 뒤집었다 놓았다 들었다 내내 만지작거리고 있었다. 전화가 울렸다. 용수철처럼 튀어 올라 전화를 받았다.

"여보세요?"

"뭘 이렇게 빨리 받아? 뭐 기다리는 남자 전화라도 있는 거야?"

한숨을 내쉬었다. 기다리던 연락은 아니었다. 간만에 휴가를 내고 집에서 빈둥거리고 있다는, 고시 시절 함께 공부하던 선배였다.

나는 공들여 쓴 원고의 결과를 고대하고 있다고 했다. 이번에는, 이번에는 꼭 좋은 소식을 들었으면 한다고, 꼭 그래야만 한다고 얼떨결에 말해 버렸다. 내 목소리가 지나치게 필사적이었을까. 선배는 잠깐 침묵하더니, 자신의 지난 이야기를 시작했다. 뜬금없이도 여행 얘기였다.

16박 17일 동안의 무전여행

그는 20대 초반부터 10년이 넘도록 고시 공부에 매달린 이른바 고시 낭인이었다. 10년이 지나고서야 고시를 놓은 그는 되는 대로 이력서를 넣었으나 10년이 넘도록 독서실 책상 앞만 지킨 나이 먹은 신입 사원을 받아 줄 회사는 어느 곳에도 없는 듯했다. 눈을 낮춰 지원한 회사에서조차 그의 지나치게 높은 학력을 문제 삼아 에둘러 거절의 의사를 표현했다.

10년의 세월에 더해 또 그렇게 취업준비생으로 1년 반의 세월을 보낸 그는 어느 날 문득, 여행을 떠나겠다며 집을 나섰다. 나중에 들은 바로는 그것은 일종의 시험이었다고. 어떤 절대자, 어떤 보이지 않는 힘, 이를테면 삶 혹은 자연, 우주에게 묻는 질문 같은 거였다고 했다. 모든 것을 다 놓고 싶은 비참함으로, '어디 마음대로 해 보시오. 죽이든지 살리든지 하고 싶은 대로 다 해 보시오' 하는 자포자기의 절규였다고. 그는 그렇게 훌훌 떠났다. 결코 적지 않은 나이에, 땡전 한 푼 없는 빈털터리의 몸으로, 죽기 살기의 무전여행을.

시작은 정동진이었다. 무작정 일출이 보고 싶었던 그는 정동진으로 가는 버스비만 달랑 들고는 집을 나섰다. 하루나 이틀, 길어야 사나흘 정도 고생고생을 하다 돌아오겠지 하고 떠난 여행은 그 계획 없음에도 불구하고 무려 16박 17일 동안 지속되었다.

그리고 선배는 점점이 마치 자신을 위해 미리 심어 둔 것만 같은 사람들을 만났다고 했다. 버스 정류장에서 만나 옥수수를 한아름 나눠 주신 할머니, 잠자리를 걱정하고 있을 때 자신이 다니는 절로 함께 가자고 팔을 잡아끌던 중년의 아저씨, 배고픔에 미쳐(?) 버릴 것만 같을 때 때마침 잔치를 벌이고 있던 시골의 마을 회관, 더 이상 걸을 힘이 없어 비틀거릴 때 인적 드문 국도변에 기적처럼 멈춰 선 트럭, 해가 지고 어둑해질 무렵 주변에 인가가 없어 걱정스러울 즈음 멀리서 구원처럼 보인 교회 십자가 등등 하나의 손이 다른 손으로, 그 손이 또 다른 손으로 계주 달리기를 하듯 도움이 도움으로, 삶이 삶으로 끊어질 듯 끊어지지 않게 연결되는 것을 그는 생생히 경험했다고.

비바람에 노숙할 것도, 며칠 굶을 것도 각오했던 선배는 16일이라는 긴 밤을 따듯한 지붕 아래에서 무사히 쿨쿨 잠을 잤고, 그 여러 날을 하루 두 끼 이상 꼬박꼬박 집밥을 챙겨 먹으며 배를 곯지 않는 호사를 누렸다. 심지어 한 아주머니는 저녁 식사 대접도 모자라 다음날 아침까지 챙겨 주시고, 떠나는 길에 그날 점심, 저녁에 먹을 도시락까지 3단으로 싸 주셨단다.

손에 아무것도 든 바 없이 떠난 여행은 도리어 돌아올 때쯤 그에게 많은 것들을 쥐어 줬다. 그중 하나가 눈에 띄게 튼튼해진 다리와 체력이었다. 우울감과 무기력감으로 인해 바람 빠진 고무 타이어 마냥 축 처져 있던 선배는 하루 평균 20~30킬로미터를 걸으며 오랜 운동 부족과 무기력증에서 가뿐히 빠져나왔다. 또한 불규칙적이고 자극적인 배달 음식 위주의 식사를 하던 터라 한껏 약해져 있던 위장은, 무엇을 쥐도 맛있게 먹고 단번에 소화시킬 수 있는 튼튼한 장기로 탈바꿈해 있었다.

무엇보다 그는 그 여행을 통해 어떤 믿음을 얻게 되었다고 했다. 그 '무엇'에 대한 믿음. 내가 애써 노력하지 않아도, 나의 손에 당장 아무것도 없어도, 지금 보기에 아무리 답이 없고 길이 없어 보여도, 그 무언가는 나를 인도한다는 믿음. 나를 먹이고 키우고 또 재워 줄 거라는 믿음. 삶에 대한 신뢰. 신의 섭리. 자연과 우주와 더 큰 존재에 대한 감사. 뭐 그런 것들. 그것은 빈털터리로 떠난 그에게 주어진 넘치게 과분한 선물이었다.

"제가 다니던 리드칼리지는 당시 미국 최고의 서체 교육을 제공했습니다. 전 어차피 자퇴한 상황이라, 정규 과목을 들을 필요가 없었기에 서체 수업을 듣기로 했습니다. 이는 아름답고 유서 깊고 예술적인 무엇이었고, 전 그것에 흠뻑 매료되었습니다. 사실 이때만 해도 이런 것이 제 인생에 실질적으로 도움이 될 것 같지는 않았습니다. 그러나 10년 뒤, 우리가 첫 번째 매킨토시를 구상할 때 그 모든 것들이 제 마음에 되살아났습니다. 우리는 그것들을 전부 맥에 구현했습니다. 맥은 아름다운 서체를 갖춘 첫 번째 컴퓨터였습니다. 만약 제가 중퇴하지 않았다면 저는 절대 그 서체 수업을 듣지 않았을 것이고, 개인용 컴퓨터에는 지금과 같이 유려한 서체가 없었을 것입니다. 제가 대학에 다닐 때는 앞을 내다보고 점을 연결하는 것은 불가능했습니다. 그러나 10년이 지난 지금, 과거를 돌아보면 모든 것이 분명하게 보입니다. 달리 말하면, 지금 여러분은 미래를 알지 못합니다. 다만 현재와 과거의 사건들을 연관시켜 볼 수 있을 뿐이죠. 그래서 여러분은 지금의 점들이 미래 어떤 시점에 어떤 식으로든 연결된다는 걸 알아야 합니다. 그리고 여러분은 자신

의 배짱, 운명, 인생, 숙명 등 무엇이든지 '그 무엇'에 믿음, 신념을
가져야 합니다."

스티브 잡스가 스탠포드 대학교 졸업생들에게 꼭 선물하고 싶었던
그 무엇을 선배는 무전여행을 통해 얻었다. 그는 전화 너머의 나에게
말을 이어갔다.

"삶은 결코 계획대로 되지 않아. 인생은 스스로의 계획과 의지보다
는 자기 자신만의 독자적인 의지를 가지고 있는 것처럼 보이기도 해.
그래서 어느 순간 눈을 뜨면 생전 처음 보는 곳에 나를 데려다 놓고
어안이 벙벙하게 만들기도 하지. 그때마다 나는 목울대가 다 보이도
록 악을 쓰고 분노했어. 누구에겐지 모를 화를 내고, 악다구니를 써
가며 바락바락 우겼어. 고집부리고, 매달리고, 더 애썼지. 악착같이
노력도 했어. 그리고 그 모든 소용이 다 무용해진 다음에야 나는 손
을 놓았어. 그제야 무언가가 일어나기 시작했어."

살기 위해 힘을 빼야 한다

익사 사고 인명구조 시 가장 중요한 원칙이 있다.

'허우적거리는 사람에게 섣불리 뛰어들지 말고 기다릴 것.'

그 사람이 죽기 일보 직전의 상황이 될 때까지 말이다. 그렇게 온전히 힘이 빠진 다음에 어떤 의지도 발휘할 수 없을 때야 구조는 시작된다. 피구조자의 발버둥이, 애씀이, 그의 매달림이 구조원과 피구조원 모두를 위험하게 만들 수 있기 때문이다.

삶도 그런 것 같다. 숨이 꼴딱꼴딱 넘어갈 때까지 우리를 벼랑으로 밀어붙이니까. 아무리 애원해도 눈도 꿈쩍 않고 더욱 무자비하게 파도를 쳐 대니까. 그렇게 모든 것을 포기하고 모든 노력을 마친 후에야 삶은 슬며시 잔잔한 물결을 일으켜 존재를 해변가로 옮겨 놓는다.

살기 위해 우리가 해야 했던 유일한 일은 힘을 빼는 것, 나를 움직일 '그 무엇'에 존재를 맡기는 것, 삶을 신뢰하는 것, 그것뿐이었다.

많은 경우, 운명은 우리 자신보다 우리를 더 잘 아는 것 같다. 친구 C가 도망치듯 떠난 외국에서 동반자를 만난 것이 그렇고, 큰 교통사고를 당한 P가 많은 고민 끝에 삶의 방향을 바꾼 것이 그렇고, 내가 사법시험을 놓고 글을 쓰게 된 것도 그렇다.

삶은 노련한 베테랑 여행 가이드처럼, 모든 경우의 수와 실시간 정보들을 끊임없이 업데이트하며 최적의 길을 안내하는 내비게이션처럼 우리를 안내한다. 시간을 뛰어넘어 과거의 점과 미래의 점을 하나로 연결시키며 놀라운 그림을 만들어 나간다. 그런 까닭에 우리는 겸

손해야 하고, 때로는 입을 다물어야 하고, 나의 조악한 계획을 내려놓아야만 한다. 삶이 의지를 발휘할 수 있도록 옆으로 비켜설 줄 알아야 한다.

그는 여행을 다녀와서 정말 오래도록 잠을 잤다고 했다. 이틀 꼬박을 밥도 제대로 먹지 않은 채 죽은 듯이 엄마의 자궁 속에서 때를 기다리며 편히 쉬는 아기처럼 아무 걱정도 두려움도 없이 내내 잠을 잤다고 했다. 자고 일어났는데, 함께 고시 공부를 했던 변호사 형에게서 전화가 왔고 탄탄한 회사의 법무직 자리를 추천받았다고 했다. 왜 하필 그때였을까. 그렇게 그는 오랜 취업 준비생 생활을 끝냈다.

나는 그와 전화를 끊고 나서 그의 말들을 마음에 되새기며 엷은 미소를 지었다.

"네가 원하는 결과가 오지 않을지도 몰라. 네가 바라는 연락은 네게 오지 않을지도 몰라. 근데 그래도 믿어 봐. 삶이 어떤 '점'을 네게 선물할지. 어떤 '길'을 네게 제시할지. 거의 모든 경우에 그 점들은 네가 기대하고 계획하는 것보다 더 근사한 것일 테니까."

불행 중에도 행복을 선택한
빨간머리 앤처럼

○ 조건 버리기

"언니. 이런 사람이 지구에 존재하기는 할까요?"

언니 K는 3년 동안 배우자 기도를 했다고 했다. 1000일 동안 기도하며 배우자를 소망했지만 어떠한 기미도 보이지 않는다고 내내 투덜거렸다. 나는 언니에게 조심스레 그 기도의 세부 사항을 물었고, 그녀가 기도하는 배우자에 대한 100가지 리스트를 듣게 되었다. 처음은 무난했다.

"키가 컸으면 좋겠어. 나도 키가 큰 편이니까 178센티미터 이상은 되어야겠지? 아, 머리숱도 풍성해야 해. 우리 아버지가 약간 그쪽 유전자가 있거든."

그렇게 시작된 언니의 이상형을 요약하면 이랬다. 키 178센티미터 이상, 풍성한 머리숱과 두꺼운 모질을 가진 사람. 다정다감하되 다른 여자에게는 냉정한 모습을 보이는 반전 매력의 소유자. 안정적인 직장에 전문직. 요리 실력은 탁월하지만 식성은 까다롭지 않고 독립심은 강한 사람.

가족 관계는 물론이고 일상의 태도부터 취미생활까지 이어지는 '해야 한다'의 조건들을 들으며 나는 정신이 아득해졌다. 이 조건들을 들고 결혼 정보 회사에 찾아가면 이렇게 말해 주지 않을까 싶다.

"이 정도 조건의 남자는 보통 A++인데 그쪽도 비슷한 수준의 '조건'을 갖춰야 합니다. 164센티미터 이상에 몸무게는 50킬로그램 이하, 나이는 어릴수록 좋습니다. 육아휴직이 가능한 안정적이고 전문적인 직업에 종사하시는 분이면 더 좋습니다. 학식 있고 화목하며 경제적으로 넉넉한 집안에서 자랐다면, 가점 요인입니다. 무엇보다 외모가 제일 중요한데, 성형수술하지 않은 예쁜 자연 얼굴이 A+, 약간의 시술 정도는 했으나 크게 티 나지 않는 예쁜 얼굴은 A입니다."

조건을 따지고 재는 일은 연애와 결혼뿐만 아니라 인간사의 모든 관계에서 발생한다. 조건 없는 사랑, 헌신과 희생이 바탕이 되는 부모와 자식 사이에서도 그 미묘한 조건들이 관계를 비집고 들어온다.

"엄마 친구 아들은 이번에 서울 대학교에 갔다더라. 너도 좋은 대학에 가서 엄마 어깨 쫙 펴게 해 줄 거지?"

"너한테 지금껏 얼마나 많은 돈과 노력을 쏟아 부었는데… 고시 합격만 해. 너 해 달라는 거 다해 줄게."

"그냥 별다른 거 없어. 다섯 손가락 안에 드는 대기업에만 들어가. 그건 해 줄 수 있지?"

이렇게 붙은 '해야 한다'의 조건부 포스트잇은 하나둘 늘어나 어느덧 걷잡을 수 없이 덕지덕지 본체의 형체를 알아볼 수 없게 가린다. 사랑이라는 가장 기본적인 뼈대마저 이것저것의 해시태그로 덮어 기존의 모습은 찾아볼 수도 없게 숨기고 만다.

조건들에만 너무 집중하고 있지는 않은지

언니 K는, 배우자 조건 100가지 목록을 쓰는 완벽주의자답게 자신의 삶에도 많은 조건들을 달아 뒀다. 행복을 얻기 위해 '~해야 하고', '~을 가져야 하고', '지켜야만 하는 것들'의 긴 리스트를 작성했다. 그 조건들이 모조리 충족되기란 낙타가 바늘귀로 들어가는 것과도 같아

언니는 많이, 자주 불행했다. 어찌 보면 언니는 '행복할 이유'보다 '행복하지 못할 이유'를 찾고 있는 것 같았다.

"와 축하해요. 이사 기대했잖아요"라고 말하면, 언니는 "그치. 근데 생각보다 좀 별로야. 윗집도 쿵쾅거리고 작은방엔 웃풍도 들어"라고 답했다. 또 "소개팅 당연히 해야죠! 성격도 좋고, 키도 크다면서요"라고 말하면, "그럼 뭐해. 프로필 사진 좀 봐. 맨날 친구들이랑 놀러 다니고 밖으로만 돌 타입이야. 딱 보면 알지" 하고 대꾸했다.

"뜰도, 과수원도, 시냇물도, 숲도, 이 드넓은 세상의 모든 것이 사랑스러워요. 이런 아름다운 아침에는 세상이 온통 사랑스럽지 않으세요? (…) 그린게이블즈 옆에 시냇물이 있어서 얼마나 기쁜지 모르겠어요. (…) 두 번 다시 이곳을 볼 수 없다해도요. (…) 나는 지금 절망의 구렁텅이에 있지 않아요. 아침에는 그런 기분이 들 수 없거든요. 아침이 있다는 건 참으로 멋진 일이에요."

동화 《빨간머리 앤》 주인공 앤 셜리는 절대적으로 행복을 느낄 수 없는 상황에서도 행복을 선택한다. 새로운 가정으로 입양이 된 줄 알았으나 여자아이라는 이유로 다시 고아원으로 돌아가야 하는 그런 상황에서조차.

"나는 이 드라이브를 즐기기로 결심했어요. 지금까지의 경험으로 미루어 행복하려고 마음만 먹으면 대개 행복할 수 있어요. 물론 그러려고 굳게 결심하는 일이 중요하지요. 도착할 때까지 고아원으로 돌아가야 한다는 생각은 일절 않고 드라이브를 충분히 즐기겠어요."

그렇게 앤은 파양되어 고아원으로 돌아가는 마찻길에서 한 송이의 들장미를 발견한다. 바닷가 길을 황홀해하며 더없이 딱딱한 마릴라 아주머니와도 즐거이 수다를 떤다.

살 이유를 찾는 사람은 절대 절망하지 않는다

아우슈비츠 강제수용소에 이송된 《죽음의 수용소》를 쓴 빅터 프랭클 박사가 말했다.

"삶에서 의미를 찾으려고 하는 이런 노력은 인간에게 동기를 부여하는 가장 중요한 힘이다."

방금 전까지 이야기를 나누던 동료가 시체가 되어 질질 끌려가는 것을 지켜보고, 시체더미를 뒤져 목숨처럼 쥐고 있는 감자를 빼앗아 제 입에 꾸역꾸역 집어넣어야 하는, 끊임없이 삶의 모든 것이 죽음을 향해 있는 현실 속에서 그는 살아 남아야 할 이유를 찾았다. 그 말도 안 되는 조건들 속에서 생의 의미를 찾았다.

그는, 상상했다. 지옥과도 같은 삶 속에서 목적을 찾았고, 정신착란과 만성적 무기력증, 영양실조로 죽어가는 다른 이를 도왔다. 유리조각으로 아침마다 면도를 했고, 또한, 웃었다. 비루한 상황들을 가지고 수용자들과 농담했고, 현실을 잊으려 이야기를 만들어 나누기도 했다. 시를 낭송하고, 사랑하는 사람들을 마음으로 그렸다. 모든 것이 끝나고, 자유가 된 모습을 상상했다.

결국 그는 자신을 밟고 조롱하는 순간들 속에서 살아남았다. 그때의 이야기를 글로 써 원고를 집필했고, 이 모든 것을 집대성해 로고테라피라는 정신분석 이론을 만들었다. 삶의 어떤 상황 속에서도 '의미'를 찾을 수 있다면 인간은 쉬이 무너지지 않는다는 이론이다. 자신의 삶으로 이를 증명했다. 어떤 조건이 주어질지라도 그 자신으로 오롯이 서 있을 수 있다는 사실을 말이다.

행복하기로 고집한 사람은 행복하다. 인생의 여러 시련과 폭풍우가 들이닥칠지라도 말이다. 반면, 불행하기로 고집한 사람은 불행하다. 더할 나위 없이 좋은 조건 가운데 살아가고 있을지라도 말이다.

행복은 자신이 선택하고, 결정하는 것일지 모른다. 어떤 조건도 이유도 없이 그냥 마음먹고 애써 결심하는 것일지 모른다. 100가지 이유를 붙여 인생에서 흠집을 찾아 내는 사람이 있는 반면, 어떤 사람은 별다르지 않은 상황에서 아무런 조건 없이, 아무런 이유 없이 그냥 행복해하고 만다.

완벽한 상황, 완벽한 사람, 완벽한 타이밍은 존재하지 않는다. 어떤 순간에도 완벽을 찾아 내는, 완벽한 마음만 존재할 뿐이다.

해피엔딩은
끝까지 견디는 자의 것이다

○ 상처 직면하기

노트를 꺼냈다. 그 아이가 또 찾아왔기 때문이다. 아래로, 저 밑으로 끝까지 내려간다. 숨이 턱끝까지 차오르는 것을 견디며 한걸음 한걸음. 이것은, 20년 전 외마디 비명과 함께 찾아왔다.

"아!"

어린 꼬마였던 내가 처음 이상 징후를 느낀 건 동네 친구들과 술래잡기를 하던 때였다. 달아나는 친구를 잡으려 쫓아가던 찰나 발바닥 한복판에 쿡 하고 바늘로 찌르는 듯한 통증이 느껴졌다. 꼬마는 눈물을 찔끔거리며 주저앉아 조심조심 양말을 벗었고, 겉보기엔 평소와 다를 바 없는 고통의 진원지도 찬찬히 살폈다. 무언가 딱딱한 것이 만져졌다. 그 아래로 희미하게 검은 점이 보이는 듯도 싶었다. 주변을 건드리면 콕콕 쑤시는 통증도 여전했다. 잔뜩 겁을 집어먹고 발까지 절룩이며 집으로 돌아온 나에게 엄마는 무시무시하게 말했다.

"티눈이네. 그냥 놔두면 점점 커지고 발이 더 아플 거야. 바늘로 아래까지 파고 들어가 쑥 뽑아야 돼. 조금 참아야지 어떻게 해."

엄마는 별것 아닌 듯 툭 말했지만, 태생적으로 쫄보인 내게 그것은 결단코 가벼운 일이 아니었다. 그때부터 우리의 사생결단 티눈 빼기 대작전이 시작됐다. 과정은 결코 순탄치 않았다. 그저 환부의 겉면을 바늘로 톡톡 건드리기만 했을 뿐인데도 내가 매번 질겁했기 때문이다. 눈물과 콧물, 회유와 다그침, 결국 협박에 가까운 으름장까지 동원된 몇 번의 전쟁과도 같은 시도 끝에 엄마도 진땀을 흘리며 결국 포기를 선언했다.

"너 계속 그렇게 놔두면 진짜 아파진다. 나중에 병원 가서 수술해야 된대도 나는 몰라."

고통과 두려움에 이성이 마비된 꼬마에게 마지막 경고가 먹힐 리 없었고, 그렇게 하루 이틀 사흘… 시간은 흘러갔다. 나는 그 사이 티눈과 동침하는 방법들을 하나둘 깨우쳐 갔다. 걸음걸이를 조심해 걸으며 해당 부위를 디디지 않고 움직일 수 있는 요령들을 하나둘 터득했다.

가끔 주의를 기울이지 않아 걸음을 헛디딜 때 윽 소리가 날 정도로 아프긴 했지만, 그 또한 점차 적응해 생활에 큰 지장은 없었다. 그렇게 스스로의 선택에 만족하며 평온한 일상을 보낼 즈음 나는 오랜만에 할머니 댁을 찾았다.

할머니 집 근처에는 놀기에 딱 좋은, 깨끗한 물이 얕게 흐르는 냇가가 있었다. 평소처럼 친척 언니 오빠들과 함께 그곳으로 물놀이를 갔고, 다리와 팔에 물을 조심조심 묻히고 본격적으로 찰방찰방 걸어가 냇가에 입수하려는 찰나였다.

으아악! 커다란 비명 소리가 천지를 울렸고 불쌍한 꼬마는 그대로 아래로 고꾸라졌다. 극한의 고통이 발바닥 가운데에서 머리 정수리까지 단번에 존재를 쪼개듯 관통했다. 나는 사촌 오빠에게 질질 끌려 나와 기절한 사람마냥 누워 앓은 소리만 냈다.

지옥과도 같았던 고통의 원인은 냇가의 뾰족한 돌멩이 하나가 환부의 정중앙 핵심부를 몹시도 정확히 뚫어 버렸기 때문이다. 얼마간의 시간이 지났을까. 눈물을 줄줄 흘리며 겨우 할머니 댁으로 돌아온 나는 엄마에게 끅끅거리며 말했다.

"나… 이거 없앨래."

그렇게 여섯 살쯤 수술대 위에서 나는 도망치는 곳에서는 결코 자유를 누릴 수 없다는 걸 배웠다. 커질 대로 커진 티눈은 집에서 처리하기에는 진행 정도가 꽤 심각했기에 병원에 가서 수술해야 했다. 수술대에 누운 채로, 아니 엎드린 채로 두려움에 떨며 여섯 살 꼬마는 결심했다. 다시는 이런 일을 반복하지 않을 거라고, 다시는 도망치지 않을 거라고 말이다. 다시는 이런 어리석은 일은 되풀이하지 않을 거라고 이를 악물었다.

상처와 마주하니 다시 일어날 힘이 생겼다

'너는 아무 짝에도 쓸모가 없어. 게으르고.'

'좋은 작가가 되지 못할 거야. 진부하고 따분해. 그냥 지금이라도 다른 데 이력서 써 보지 그래?'

'그렇게 혼자 있다간 영영 혼자가 되고 말 거야.'

'제대로 살고 있는 거 맞아? 다들 앞서 나가는데 너만 제자리인 건 아니고?'

고통이, 괴로움이, 불안이, 외로움이 여지없이 찾아왔다. 어떤 경고도 없이 무자비한 모습으로. 나는 조용히 노트를 꺼냈다. 펜 뚜껑을 열고, 아래로 아래로 내려갔다.

'뭐가 무섭니? 어떻게 해 주길 원하니?'

'왜 떨고 있어? 왜 울고 있어? 어디가 아파서 소리를 지르고 있어?'

차근차근 어둠 속을 걸어 들어갔다. 그리고 그곳에서 가장 어려운 것을 했다. 견디기. 그저 견디기. 피투성이의 상처 가운데에서, 아픔과 눈물과 고통의 한가운데에서 부들부들 떨며 나는 그냥 버텼다.

쓴 고름이 다 빠져나올 때까지 아래에 또 다른 길이 있으면 나는 심호흡을 깊게 하고는, 더 깊고 깊은 곳으로 꾸역꾸역 힘겹게 아래로 내려갔다. 그 끝에 이르면 언제나 그렇듯 무언가가 있기 때문이었다. 가장 깊숙한 곳에 이르러 마음은 말했다.

'사랑받지 못할까 봐 두려워. 이런 나라서 꽁꽁 숨겨 뒀는데, 이걸 알고서 다들 도망가 버릴까 봐 무서워. 혼자 늙어 죽을까 봐 겁나. 부랑자가 되어 아무도 없이 죽어 갈까 봐 무서워. 사랑받고 싶어….'

아팠다. 조금 울기도 했다. 나는 토닥토닥 등을 두드려 줬다. 혼자서 울고, 혼자서 위로하고, 어쩐지 혼자서 북 치고 장구 치는 것 같았지만, 괜찮았다. 상관없었다.

'사랑해 줄게. 내가… 정말 많이 사랑해 줄게. 어떤 모습이어도 나한테는 다 괜찮으니까 안심해도 돼… 정말이야.'

마음은 더 많이 눈물을 쏟아 냈다. 바닥에 닿은 마음은 울고 있었지만, 한편으로는 안심했다. 내내 허우적거리던 발이, 마침내 단단한 지면에 닿았기 때문이다. 더 내려갈 곳이 없는 사람이 자신의 끝을 확인하고 나면 도리어 마음이 차분해지는 것처럼. 죽음을 목전에 둔 환자가 마지막 사투를 포기하고 그제야 평안한 얼굴이 되는 것처럼.

그리고 나는 알았다. 바닥을 디딘 후에야 올라갈 준비가 되었다는 것을. 바닥을 쳤으니 그것을 도움닫기 삼아 올라갈 수 있다는 것을.

두려움이 몰려와도 모든 위험을 무릅쓰고 더듬더듬 내딛는 발걸음 끝에는 무언가가 있다. 그 갱도의 끝에서만 만날 수 있는 보물이 존재한다. 그것을 심리학자 칼 쿠스타프 융은 '통합', '그림자에의 조우'라고 불렀다.

우리도 사실 알고 있다. 지독한 슬픔을 끝내기 위한 가장 좋은 방법은 슬픔의 한가운데로 들어가는 것이고, 고통과 시련의 시간을 견뎌내는 가장 효과적인 방법은 그 중심으로 더 깊이 내려가는 것이라고. 맞다. 정말로 그렇다. 아픔과 고통, 두려움과 슬픔, 상처와 트라우마 그 모든 각각은 자신 고유의 시간과 너비, 이야기를 가지고 있다.

그 길들을 찬찬히 다 걸은 뒤에야, 나름의 몫을 오롯하게 한 톨 남김없이 겪어 낸 다음에야 비로소 뒤로 물러난다. 아무리 피하려고 애를 쓰고 아무리 마주하지 않으려 발버둥을 쳐도 가차 없이 찾아온다.

도리어 괴로운 시간만 늘어날 뿐이다.

잠깐의 아픔을 피하려다 수술대에 오른 어린 내가 그랬듯, 찰나의 귀찮음과 괴로움을 피하고자 자신의 아픈 구석과 상처를 끝내 들여다보지 못한 채 미성숙하고 표면적인 인간으로만 살게 되는 것이다. 언제나 그렇듯 보물은, 황금은, 해피엔딩은 그 끝에서 기다리고 있다. 기어코 끝까지 가는 자만 손에 넣을 수 있는 전리품처럼.

노트에 글을 쓰며 눈물로 불안과 공포의 한 가운데에서 밤을 보낸 다음 날, 나는 울다 지쳐 쓰러진 침대 맡에서 한 줌의 아침 햇살을 만났다. 거센 폭우와 파도가 지나간 마음은 잔잔해져 있었고, 입가에는 작은 미소가 걸렸다. 마음은 말했다.

"고마워. 함께 있어 줘서. 그 파도를 함께 맞아 줘서."

나도 말했다.

"그게 어디든 함께 갈게. 내가 끝까지 함께 있어 줄게."

1만 개의 감사가
채워진 그날부터

◦ 감사하기

 너무 식상하고 진부해서 이 말은 하고 싶지 않았다. 누구에게도 일말의 감흥도 일으키지 못할 거라고 지레짐작했기 때문이다. 그러나 '감사'라는 명사가 마침내 움직이는 '감사하다'라는 동사가 됐을 때, 행위로 구체화됐을 때, 박제된 활자가 아닌 살아 있는 무엇으로 전환됐을 때 그 강력함을 직접 경험했기에 이제는 말하지 않을 수 없다.

 처음으로 되돌아간다. 삶에의 의지보다 죽음에의 의지가 더 강했던 때, 내 방에 난 창문이 의미심장하게 보였던 때, 면도용 칼, 날카로운 펜촉, 냉장고에 있는 맥주병, 심지어 우연히 본 아름다운 꽃집의 백합까지도 내게 다 하나의 결말을 종용하는 것처럼 보였을 때, 내가 죽지 않기 위해 안간힘을 써서 행했던 것이 아이러니하게도 '감사'였다. 다 알고 있어 감흥 없는 말들의 좋은 점은, 그것들이 삶의 극단에 처한 사람에게까지 기꺼이 닿을 수 있다는 점이다.

"행복해지려면 지금 가진 것에 감사해라."

"삶의 변화는 감사에서부터 시작된다."

"나를 살릴 것은 감사, 오직 감사였다."

"내가 가진 축복을 세어 보세요. 그것에 감사하세요."

삶의 모든 것들이 '죽음'을 말하는 것과 같았던 때, 또 다른 한편으로는 주구장창 이런 메시지들이 성가시게 눈에 밟혔다. 길거리를 지나다 발견한 벤치의 글귀에서, 공중 화장실 변기에 앉아 바라본 거울 옆 메시지에서, 내 방에 지저분하게 쌓여 있던 책 더미에서.

그때 세상은 일종의 싸움을 하고 있는 것만 같았다. '죽음' 혹은 '감사'라는 두 측면에서 엎치락뒤치락 팽팽한 라운드를 거듭하면서 나는 그때 '감사 쓰기' 첫 연습을 시작했다.

감사는 말로 하면 금방 사라지기 일쑤여서 눈앞에 생생한 활자로 남겨 둬야 했다. 살고 싶어서 이제는 정말 큰일이 날 것만 같아서 죽기 살기로 했던 일이었다. 썼다. 노트의 다음 장에도 펜 자국이 선명히 새겨질 만큼 분명하게. 첫 시작은 이러했다.

'그래도 죽지 않고… 살아 있어서 감사합니다.'

어떻게 100개에 가까운 숫자를 채웠는지 기억나지 않는다. 그저 다른 생각을 하지 않도록, '죽음'이라는 적이 끼어들 틈이 없도록 무작정 갈겨 썼던 것밖에는. 말이 되는지 안 되는지도 모르게 영혼까지 끌어모아 마구잡이로 썼던 것밖에는.

물론 진심일리도 없었다. 물에 빠진 사람이 지푸라기라도 잡을 때 이것저것 재지 않듯이, 나도 그냥 죽기 살기로 마구 썼던 것만 기억난다. 난생처음으로 펜과 노트가 있는 것에 감사해 봤다. 문맹이 아닌 것에, 글을 쓸 수 있고 글을 읽을 수 있음에도 감사했다.

흐릿한 시야를 밝혀 주는 안경이 있음에 감사를 기록했고, 몸을 누일 집이 있는 것도, 내 방과 침대가 있음에도 감사했다. 두 팔다리가 잘 작동해서 감사했고, 죽겠다 싶으면서도 정작 건강한 나의 몸에 감사했다. 나를 걱정해 주는 가족들이, 친구들이 있음에 감사했다. (그들은 내가 죽으면 분명 몹시도 슬프게 울 사람들이었다.)

좋은 날은 다 갔다 생각해도 막상 따져 보면 아직 젊은 청춘이었고, 아무것도 가진 것이 없다고 생각해도 집, 핸드폰, 노트북 등등 많은 것들을 소유하고 있었다. 북한 사람이나 인도 사람처럼 먹을거리를 걱정하지 않아도 됨에 감사했다.

미친 사람처럼 그렇게 쓰고 또 썼다. 한 50개쯤 썼을 때였다. 아무 감흥 없이 떠오르는 대로 갈겨 쓰던 손이 천천히 느려졌고, 어느덧 나는 또박또박 마음에 새기듯 글씨를 새기고 있었다.

'햇살이 비추고 바람이 불어와서 감사합니다. 지금 이 순간에 감사합니다.'

열어 둔 창문을 통해 살랑살랑 바람이 불어오고, 햇볕이 따뜻하게 방 안 가득 머무르고 있었다. 그리고 어딘가에서 뚱땅뚱땅 피아노를 치는 소리도 들려왔다. 내가 좋아하는 영화 OST 음악이었다. 나는 그제야 처음으로 건성이 아닌 진짜 감사가, 아주 작고 작은 하나의 불씨가 피어나는 것을 보았다.

1만 개의 감사거리

사람이 되기 위해 곰이 100일간 쑥과 마늘을 먹으며 견딘 것처럼 나는 죽음이 아니라 삶으로 가기 위해, 기존의 모든 불행을 기어코 박멸하고 새로이 다시 태어나기 위해 100일간 100개의 감사거리를 찾았다. (매일 한 것은 아니다. 1만 개의 감사를 채우는 데 1년의 시간이 걸렸다.)

솔직히 쉽지 않았다. 정말로. 도무지 감사할 거리라고는 손톱만큼도 없어서, 억지로 '감사하다' 하고 말하는 게 부아가 치밀고 화딱지가 나서 어느 날은 펜과 노트를 던져 버리기도 했다.

다행인 것은, 전 인생에 걸쳐 어떤 의욕도 갖고 있지 않은 때로서 당시에 내가 유일하게 생산적으로 하는 일이라곤 감사 일기 쓰기 밖에 없었다. 그래서 놓지 않을 수 있었다. 이것마저 놓으면 그야말로 영영 일어설 수 없을 것을 스스로도 어렴풋이 알았다. 그렇게 하루 이틀 사흘 천천히 지나갔고, 기계적이나마 감사할 거리를 찾고 기록 하는 것이 몸에 조용조용 익어 갔다.

5개월 하고 조금 지났을 때였나, 늘 그렇듯 아침에 일어나 감사를 써 내려가기 시작하는데 글씨가 번졌다. 눈물방울이 노트 위로 툭 떨 어졌다. 정신을 차릴 새도 없이 눈물이 흘렀다. 가슴 깊은 곳, 단전과 명치 사이 어디쯤에서 울컥 치받듯 뭔가가 올라왔다. 나는 미처 생각 을 거를 틈도 없이 거세게 목울대에 넘칠 듯 울렁거리는 그 말을 뱉어 냈다.

"감사합니다. 감사합니다. 감사합니다. 정말 감사합니다."

누구에게 하는지도 모를 감사를 나는 불가항력으로 토해 냈고 댐 이 터지듯 가슴 중앙이 완전히 열리는 소리를 들었다. 한참을 울고 또 울면서 나는 그렇게 내내 감사합니다. 감사합니다. 주문을 외듯 중얼거렸고 그것이 마침내 그치고 난 뒤에야 어안이 벙벙해졌다. 그리고 알았다. 내가 얼마간 아주 얼마간은 치유되었다는 것을.

1만 개의 감사가 채워진 그날은 공교롭게도 '나를 위한 연습'을 시작한 지 거의 1년이 다 되어 가는 시점이었다. 드디어 쓰게 된 1만 번째 감사에 나는 이렇게 적었다.

'살아 있음에, 지금 이 자리에 있음에 감사합니다.'

천천히 고개를 들어 지금의 나를, 바라보았다. 그간의 여정들도 하나하나 꺼내 보았다. 아무 변화가 없는 것 같던 매일은 어느새 크고 작은 변화가 되어 삶을 새로이 만들어 주었다는 걸 알았다. 우울증이 극복되었고, 잠이 오지 않아 몇 시간씩 뒤척이던 불면의 밤도 언젠가부터 숙면의 그것으로 바뀌었다. 초등학교 졸업 후 처음으로 신앙이라는 것이 생겼고, 기도하는 방법도 더듬더듬 배워 나갔다.

교묘하게 나를 깎아내리던 자극적인, 그래서 더 끊을 수 없었던 가학적인 관계들도 자연스럽게 정리되었고, 곁에는 순하고 고운 사람들이 새로 모심기를 한 것처럼 예쁘게 자리해 있었다. 그리고 무엇보다 나는 더 이상 내가 싫지 않았고, 나 스스로를 채찍질하지 않았다. '너는 왜 이 모양이야'라고 걸핏하면 말하던 마음은 '괜찮아. 그래도 괜찮아'라고 자주 말하고 있었다. 내가 미워지려고 할 때마다 나는 계속 중얼거렸다.

"괜찮아. 다 괜찮아. 네가 좋아. 그럼에도 불구하고 사랑해. 그 어떤 경우에도."

드디어 노트의 마지막 마침표를 찍으며, 나는 그간의 모든 일들에 감사했다. 지나온 시간들의 크고 작은 감사거리들에 대해 그리고 나를 불행하게 만들었다고 여겼던 수많은 크고 작은 것들에 대해서도. 무엇보다 내 자신에게. 또 삶에게.

당연했지만 당연하지 않았던 것들을 되새긴다

코로나로 인해 평범한 일상을 잃어버린 지 오래다. 당연한 것들이 당연하지 않게 되어 버린 요즘이다. 우리가 가지고 있던 것들이 우리가 당연하게 누리던 것들이 얼마나 소중했는지 깨닫는 요즘이다. 이전에 누리던 당연한 것들에 관해 생각해 본다.

그때는 알지 못했죠 우리가 무얼 누리는지
거릴 걷고 친굴 만나고 손을 잡고 껴안아 주던 것
우리에게 너무 당연한 것들(⋯)
서로 믿고 함께 나누고 마주보며 같이 노래를 하던

우리에게 너무 당연한 것들
우리가 살아왔던 평범한 나날들이
다 얼마나 소중한지 알아 버렸죠

_ 이적, <당연한 것들>

한 달에 한 번씩은 꼭 모였던 절친 5인방의 모임, 아무런 제약 없이
마음껏 들이마실 수 있었던 봄날의 바람, 맛있는 음식을 함께 나눠 먹
었던 식사들, 설레는 마음으로 기다렸던 해외여행, (지금은 마스크 속으로
감추어져 볼 수 없는) 지인의 예쁜 미소, 덥석 손잡고 와락 포옹하던 친밀
한 인사들….

당연하다 여겼지만 결코 당연하지 않았던 많은 것들을 생각한다.
그리고 되새긴다. 지금 이곳에 존재하는 것들에 대해, 지금 내가 누
리는 것들에 대해, 당연하다 여기는 이 자리의 무언가에 대해.

"지금 네가 앉아 있는 자리가 꽃자리다."

어느 시인의 말처럼 자세를 낮추어 가만 가만 눈을 맞춘다. 그럼에
도 건강하게 잘 움직이고 작동하는 나의 몸, 자주 보지 못하지만 그만
큼 더 잦아진 친구와의 전화 통화, 멀리 여행갈 수는 없지만 그럼에도
집 주변 공원에서 느낄 수 있는 봄의 정취, 일상을 지탱해 주는 고마
운 택배 아저씨들, 함께하는 시간이 많아진 소중한 가족들까지.

그렇게 하나하나 나는 또 지금의 감사를 기록한다. 그리고 희망한다. 언젠가, 이 모든 것들이 끝나는 순간, 그리하여 당연하지 않은 것들이 다시금 우리에게 새로이 주어진 순간, 더욱 깊이 감사하게 될 거라고. 거리를 걷고, 친구를 만나고, 손을 잡고, 껴안아 주는 것이 다시 우리의 일상에 회복되는 순간에 정말 많이 아주 많이 감사할 거라고. 그때 나의 감사 노트는 끝도 없이 길고, 또 길어질 것이라고.

내 인생을 기대하고 싶어 시작한 일

천 일 동안 나를 위해 살아 봤더니

ⓒ 박주원 2021

인쇄일 2021년 10월 13일
발행일 2021년 10월 20일

지은이 박주원
펴낸이 유경민 노종한
기획마케팅 1팀 우현권 **2팀** 정세림 금슬기 최지원 현나래
기획편집 1팀 이현정 임지연 **2팀** 김형욱 박익비 **라이프팀** 박지혜 장보연
책임편집 박익비
디자인 남다희 홍진기
펴낸곳 유노북스
등록번호 제2015-000010호
주소 서울시 마포구 월드컵로20길 5, 4층
전화 02-323-7763 **팩스** 02-323-7764 **이메일** uknowbooks@naver.com

ISBN 979-11-90826-79-2 (03810)